DANA SĂVUICĂ

Din călătoriile unei femei cu suflet de copil

DANA SĂVUICĂ

Din călătoriile unei femei cu suflet de copil

UNIVERS

Redactor Diana Crupenschi
Corectură Andreea Popescu
Tehnoredactare Constantin Niţă
Ilustraţie copertă: Cristiana Radu

Descriere CIP disponibilă la Biblioteca Naţională a României.

DANA SĂVUICĂ
DIN CĂLĂTORIILE UNEI FEMEI CU SUFLET DE COPIL

EDITURA UNIVERS
www.edituraunivers.ro

ISBN 978-973-34-1039-3

În loc de introducere

Îmi plac bărbații, dar pot spune cu sinceritate că îmi plac mai mult femeile. Mi se pare că natura a făcut o treabă foarte bună în a delimita trăsăturile femeii de cele ale bărbatului și viceversa. Chiar dacă genetic suntem „împletiți" din punct de vedere cromozomial, declar sus și tare că noi, femeile, suntem un pic mai cu moț decât bărbații.

Ce se întâmplă în mintea unei femei, numai Dumnezeu știe. Bărbații, cu siguranță, nu!

N-am fost niciodată invidioasă pe o femeie. Dimpotrivă, când întâlnesc o femeie care-mi place o privesc cu admirație, scanând-o din cap până-n picioare, asemenea unui bărbat. Deh, totul are o explicație științifică. Îi las pe alții să interpreteze ceea ce am declarat aici. Știu cum e cu interpretările oamenilor. Întotdeauna se înțelege altceva decât ceea ce este adevărat. Dar asta este natura umană. În plus, parcă e mai interesant dacă aș sugera că... îmi plac femeile, nu?

De ce îmi plac femeile? Pentru că și eu sunt femeie. Pentru că simt în tot trupul puterea de a seduce doar prin forţa farmecului meu. Este o armă fatală, pe care bărbaţii nu numai că nu o deţin, dar sunt adesea învinşi de ea. Dar cum am ajuns să fiu conştientă de această putere a femeilor care se transpune în farmecul personal?

Cu siguranţă, fiecare dintre noi are propria sa poveste. Eu o spun pe a mea. De fapt, îmi fac un fel de portret aici. Nu am mai făcut-o până acum: e un fel de Dana în oglindă cu Dana.

În copilărie eram o fată timidă. Foarte timidă. Habar n-am de ce, şi nu ştiu nici de unde provenea această timiditate. Farmecul meu dormea sub straturi de complexe, care de care mai ireale. Mă gândesc la viaţa mea ca la o ceapă mare, ale cărei straturi le decojesc, descoperind că e dulce şi iute, că uneori mă face să plâng, dar, adeseori, când muşc cu nesaţ din ea, îmi inundă papilele gustative cu aroma ei, cu miezul care se sparge între dinţi, lăsându-şi sucul delicios să-mi alunece pe gât. Când scriu aceste rânduri, îmi aduc aminte de bunicul meu. Mânca ceapă doar cu pâine şi cu sare, uitându-se la mine cu ochii lui de un albastru indescriptibil, râzând peste marginea paharului cu „ţuiculiţă bună“. De ce nu moştenisem culoarea ochilor lui? Iată cum iese la iveală unul dintre complexele mele!

Ce credeţi, prima modificare pe care am făcut-o înfăţişării mele a fost colorarea ochilor cu lentile de contact albastre. Iar la optsprezece ani, când eram la facultate, m-am făcut blondă. De fapt, a fost un pact făcut cu părinţii mei: intrarea la facultate avea să fie recompensată cu transformarea mea în blondă. Mă credeţi că promisiunea lor a avut efectul scontat? Am devorat cărţile de Economie Politică, Geografie şi Matematică pentru o... schimbare a culorii părului! Se spune că noi, femeile, suntem veşnic nemulţumite de felul în care arătăm, iar eu nu fac excepţie de la regulă. Asemenea lucruri, promisiunea unei schimbări de *look*, ne determină să realizăm imposibilul. Revin la mintea întortocheată a unei femei... Pare ilogic, dar la noi chiar funcţionează genul acesta de capricii.

Am flash-uri de memorie cu tata, luându-mă în braţe, pe la vârsta de trei-patru ani, şi valsând cu mine prin casă. Îmi plăcea la nebunie să stau în braţele lui puternice, să îmi dau capul pe spate ori să-mi lipesc obrazul de al lui. Fluiera „Barca pe valuri pluteşte uşor...“, iar eu mă topeam de dragoste pentru el, exersându-mi puterea de seducţie pentru a valsa şi mai mult, şi mai mult! Bărbaţii ar caracteriza asta ca manipulare, eu îi zic seducţie. Deh... Când am crescut puţintel mai mare, tata îmi spunea că atunci când o să-mi doresc să mă mărit el o să mă invite într-o sală mare plină cu băieţii care îmi fac curte şi o să mă ajute să-l aleg pe cel mai bun dintre ei. Eu îmi imaginam băieţii făcuţi după modelul tatălui meu: frumoşi, înalţi, vânjoşi, puternici şi îndrăgostiţi până peste cap de mine! *Talk about high standards...* hmm.

Ca o paranteză, tatăl meu era plecat de cinci ani într-o misiune diplomatică atunci când am hotărât cine e alesul...

Și uite așa, în paralel cu citirea poveștilor cu Făt-Frumos care vine și te salvează pe un cal alb, am început să îmi creez propriile fantezii despre nunta mea și rochia albă de mireasă. Imaginea bărbatului era încețoșată, dar era foarte clară povestea în care eu atrăgeam toate privirile, asemenea unei prințese care se pregătește să intre în frumosul palat de cleștar, în aplauzele tuturor.

A trecut ceva timp, iar la douăzeci și trei de ani, ca să fiu mai exactă, mă pregăteam să fiu mireasă. Am rugat-o pe mama să-mi trimită câteva rochii din Asia, fiindcă îmi plăcea mult designul cu mâneci bufante și materiale suprapuse, specific modei orientale. Alegerea rochiei a fost momentul cel mai dificil. Dar și cel mai emoționant. Piruetele pe care le făcea reflexia mea în oglindă, fericirea care îmi inunda chipul, toate acestea se derulau sub privirile prietenelor mele și ale lui Costel, hairstylist-ul care încerca să mă convingă să-mi strâng părul blond buclat într-un coc prins în agrafe cu flori albe și perle. Culmea este că mi-au rămas în minte acele agrafe și, de fiecare dată când intru într-un Meli Melo sau în alt magazin cu accesorii, mă duc fără să mă gândesc la etajera plină cu agrafe de păr și bentițe, atingându-le ușor cu degetele, mângâind textura materialului și bobițele acelea reci pe care le-am purtat și eu odată în păr, ca mireasă.

Cred că toate fetele cresc cu aceste gânduri de măritiş încă de când sunt copiliţe, pentru că am fost educate să considerăm că viaţa are nişte trepte clare pe care trebuie să păşim. Una dintre ele, poate cea mai importantă, fiind căsnicia și întemeierea unei familii. Visăm frumos și ne dorim ca acel vis să se transforme în realitate. Ne îndrăgostim până peste cap și ne dorim ca bărbatul ales de noi să fie Făt-Frumos din poveste. Vrem să arătăm lumii că am ales bine, că suntem niște învingătoare, că suntem iubite. Și tot noi ne agităm pentru ca nunta să fie perfectă. Imaginea acelei rochii albe de mireasă, care se vălureşte și se învârteşte graţios sub privirile tuturor în timpul dansului, zâmbetul care străluceşte pe faţa perfect machiată și care rivalizează cu strălucirea inelului cu diamante, perlele încadrând perfect gâtul și părul buclat, pantofii din mătase care te fac să pari că zbori în aer, toată această euforie ne învăluie ca aripile unui înger și, în acel moment, parcă totul capătă sens. Dar îmi aduc aminte că, în acele clipe, un gând mi-a străfulgerat prin minte: „Oare toate poveştile de dragoste au un final fericit?".

Am aflat răspunsul la această întrebare fix după douăzeci și cinci de ani de căsnicie... Experienţa traiului în comun, în timp, mi-a demonstrat că nu există o reţetă a fericirii și nici șabloane ale unei căsnicii perfecte. Chiar dacă eu crescusem într-o familie unde văzusem tot timpul dragoste, respect și spirit de echipă, o familie în care exista foarte mult altruism.

Trebuie să vă povestesc puţin despre mama mea. Pe care tata o iubeşte şi acum ca un nebun. Mama mea este frumoasă ca o actriţă de cinema! E o frumuseţe clasică, cu trăsături delicate, un ten luminos, ochi mari, căprui şi migdalaţi, cu sprâncene arcuite, o frunte înaltă şi uşor bombată, părul în culoarea lui naturală, cu firul gros şi lucios, strâns într-un *French chignon.* Mama are vocea caldă, buze armonios arcuite şi pline, numai bune de sărutat. Trupul i se unduieşte uşor din şolduri, iar picioarele ei cu gleznele fine calcă delicat. Fotografiile alb-negru cu ea de pe vremea când era domnişoară o arată fie cu plete lungi şi breton, fie cu părul scurt tuns în stil bob, în taioare cu imprimeuri florale, cu saboţi înalţi şi ochelari fumurii cu rame mari. Avea un zâmbet care putea topi gheţarii. Purta coliere tip pandantiv, lungi, cu semne zodiacale. *Guess what?* Și eu am o slăbiciune pentru acest gen de bijuterii.

Cred că nimeni nu se mai îndoieşte, după descrierea asta, că mama mea avea un farmec irezistibil, iar eu îi adoram frumuseţea!

Îmi aduc aminte, de parcă a fost ieri, de momentele în care stăteam aşezată pe capacul vasului de toaletă, cocoţată cu picioarele pe el, pe la vreo unsprezece ani. Aveam privirea aţintită în sus spre mama, al cărei chip se reflecta în oglindă în timp ce-și făcea ritualul zilnic de frumuseţe. Îi puneam un milion de întrebări despre aceste ritualuri de budoar, iar ea îmi răspundea serios: „Dana, asta înseamnă să fii fată. Trebuie să ai grijă de tine, de pielea ta, de corpul tău, trebuie să miroși frumos tot timpul, să nu ieși din casă nemachiată și nearanjată. Lumea privește cu alţi ochi o femeie atunci când e o apariţie fermecătoare!".

Uneori îmi venea să râd de ea, fiindcă își aplica măști din argilă pe faţă și rondele de castravete pe ochi. Părea că se pregătește de Halloween.

Cutiile cu cremă Gerovital H3 stăteau aliniate pe etajera din baia ei, asemenea unor soldaţi gata să lupte până la moarte cu dușmanul de clasă... ridurile!

Eu eram un *tomboy*, o fată-băieţoi veșnic îmbrăcată în jeans și tricouri, cu pantofi sport, părul tuns și genunchii zdreliţi. Făceam zilnic alergare viteză, înot și tenis. La școală, la ora de sport, intram în competiţie cu băieţii, iar pe fete le consideram niște mironosiţe. Îl moșteneam pe tatăl meu în privinţa ambiţiei și a efortului fizic. A fost o luptă constantă între mine și mama mea, care m-a împins să iau lecţii de pian, balet și pictură. Ea fusese educată de bunicii mei în stilul domnișoarelor de pension și dorea să ne insufle, mie și surorii mele, calităţile elegante ale unei fete din înalta societate. La aceste lecţii se mai adăugau și cele de protocol diplomatic!

Dragostea pentru bijuterii mi-a insuflat-o tot mama. Când mergeam cu ea la cumpărături prin ţările din Asia, o vedeam cum alegea fiecare perlă, după ce se tocmea aprig cu vânzătorul. Mă fascinau strălucirea lor, felul în care erau aranjate pe etajere, îmi venea tot timpul să le ating... Călătorind în spaţiu şi în timp, când aleg câte o bijuterie din magazinele Meli Melo aud vocea mamei: „Nimic nu este mai preţios decât să-ţi înnobilezi trupul cu o bijuterie. Este acel *touch* care te schimbă dintr-o fată banală într-o femeie cu clasă. Dacă ştii să alegi acea bijuterie, vei stăpâni arta seducţiei. Iar adevărata artă este să păcăleşti ochiul, chiar dacă porţi sticlă în loc de diamante".

Cumva, încet-încet s-a infiltrat în mintea mea ideea că o fată trebuie să fie altfel decât un băiat, iar tata ne spunea mereu despre cum a cunoscut-o pe mama, și de fiecare dată povestea era cam așa:

„Eram în pădure, la cules de mure, și, la un moment dat, am zărit o fată frumoasă, cea mai frumoasă pe care am văzut-o vreodată. Era îmbrăcată într-o... (și aici îmi făcea o descriere în amănunt a ţinutei ei în așa fel încât o asemuia cu o prinţesă). Ea se apleca delicat după mure, având un coșuleţ pe braţ, și trupul îi era inundat de lumina care străpungea frunzișul copacilor. Era cu un prieten al meu, bărbat frumos și el, care o strângea de braţ și îi șușotea ceva la ureche, iar ea râdea cu un râs cristalin, gingaș. Îmi aduc aminte că avea un tic pe care îl adoram. Extrem de feminin, plin de seducţie: și anume, își răsucea cu degetul o buclă de păr și o ducea discret după urechea înnobilată de un cercel cu perlă. Am simţit că explodez de gelozie și am hotărât pe loc că trebuia să o cuceresc..."

Tata i-a făcut curte mamei mele, pedalând pe bicicletă 30 de kilometri din satul lui până la Târgoviște și înapoi. A asaltat-o cu flori și invitații la dans și apoi cu vizite acasă, pentru a-i cunoaște părinții. I-a făcut curte, cum se spune, ca la carte! Emancipată, educată și sigură pe farmecul ei feminin, mama a știut cum să ducă relația lor astfel încât, și în ziua de azi, tata este fermecat de frumusețea ei.

Dar frumusețea unei femei poate deveni și o armă care i se întoarce împotrivă.

Pe Valea Dâmboviței, oamenii din sate spuneau că străbunica mea era cea mai frumoasă femeie, fiind pețită de mulți bărbați. Străbunica mea s-a măritat la numai cincisprezece ani și, cum, în acele timpuri, părinții decideau cine avea să fie soțul fiicei lor (un bărbat care trebuia să fie gospodar și să aibă moșie), ei au ales cui să-i dea mâna fetei. Străbunica mea a refuzat pretendentul, fiindcă își dorea cu ardoare să devină actriță. Noaptea, înainte de nuntă, a fugit de acasă. A ajuns, ascunsă într-o căruță trasă de cai, până la București. A stat ascunsă vreo două săptămâni, dar, până la urmă, au găsit-o și i-au pecetluit soarta.

Uneori, femeile nu au puterea să ia singure deciziile în viață. Sunt constrânse de legile societății și de moralitate, fac compromisuri și se sacrifică pentru binele altora. Dar, dacă lucrurile nu s-ar fi întâmplat așa atunci pentru străbunica mea, noi n-am mai fi existat. Noi, femeile care ne tragem din ea, ar trebui să-i mulțumim Mariticăi pentru compromisul făcut...

Cu o undă de regret, îmi aduc aminte cum străbunica mea de şaptezeci de ani stătea ascunsă după uşă, privind la petrecerile pe care le organizam împreună cu colegii mei de şcoală acasă la noi. Eu aveam vreo cincisprezece ani, cochetam cu băieţii, experimentam deja cu fardurile, parfumurile şi dansul în doi. Mi-era ruşine de ea şi, da, ca oricărui copil, îmi era ruşine de colegi. Mă uitam lung la ea, încercând să o intimidez cu privirea şi să o fac să plece din cameră. Dacă aş fi avut mintea de acum... Atunci am reacţionat aşa. Astăzi, aş lua-o pe străbunica de mână şi aş aduce-o în mijlocul camerei, aş pune reflectorul asupra ei şi aş striga: „Iată o femeie excepţională, o femeie cu farmec! Ea este străbunica mea. De la ea moştenesc felul în care arăt..." M-am gândit adesea că pasiunea mea pentru teatru, film şi televiziune s-ar putea să fi venit din dorinţele ei ascunse, niciodată îndeplinite.

Am trecut în adolescenţă lin, fără mari chinuri şi frământări. Primul meu prieten se numea Marius. Îmi scria poezii pe care mi le ascundea în bancă împreună cu un trandafir roşu. Tot el este băiatul care mi-a furat primul sărut. Nu am făcut faţă prea bine momentului în sine. Era iarnă, ieşisem la plimbare prin nămeţi şi, într-un moment de neatenţie, m-am trezit cu buzele lui pe gura mea. Şocul acelei atingeri tabu, năucitoare, care se desfăşurase cu totul altfel în imaginaţia mea, m-a făcut să cad în zăpadă, ameţită la propriu. Lipsa de experiență și timiditatea, bat-o vina, m-au făcut să roșesc și să-l împiedic să mă sărute a doua oară.

Apoi a fost Ionuț, care nu știu cum se face că și el îmi ascundea în bancă adevărate scrisori de dragoste... Așa era moda pe atunci între băieți și fete. Era o vreme în care lucrurile se întâmplau mai încet. Timiditatea se întâlnea și la ei, nu doar la noi. Cred că acești doi băieți m-au făcut să înfloresc ca fată, la figurat! Mă simțeam iubită, invidiată de fete, admirată de băieți, simțeam că dețin o armă, chiar dacă nu știam cum s-o folosesc. Nu am avut nici un Yoda care să mă învețe că „forța e cu mine"! Dar aceea a fost perioada când am devenit conștientă că sunt femeie, când am lăsat blugii în dulap și i-am schimbat cu rochii, ciorapi cu model și pantofi cu toc. Șterpeleam produsele de machiaj din portfardul mamei mele și mă dădeam, cam mult, cu parfumul ei. Cu gesturi neîndemânatice, exersam în baie cu ușa încuiată cum să aplic rujul, fardul de obraz, dar cel mai complicat era fondul de ten, pe care nu reușeam să-l nimeresc în aceeași nuanță cu pielea mea. Mai mult, sufeream de acnee și încercam să rezolv asta cu un produs farmaceutic care avea un miros înțepător. A urmat o perioadă în care transformările hormonale și-au spus cuvântul. Cred că a fost cea mai detestată perioadă din viața mea. Oglinda parcă îmi mărea toate coșurile, colțurile inegale ale rujului aplicat pe buze, dârele maro de fond de ten care îmi făceau fața să arate ca o mască; și mai era și transpirația care apăruse peste noapte și care se răspândea, bine-mersi, în sarafanul și cămașa din poliester, uniforma de școală obligatorie. Iar apropierea băieților, când mă invitau la dans, făcea efectiv să curgă o transpirație rece pe mine.

Mă credeți că nu simt nici un regret după acea perioadă a vieții mele?

Nu am simțit trecerea anilor și nu am dat importanță schimbării de prefix. Dar pot spune că la douăzeci de ani apăsam cu piciorul pe pedala de accelerație, aruncându-mă cu capul în vâltoarea vieții, la treizeci de ani am început să aflu că nu tot ce zboară se mănâncă, iar acum, la 40+, pot distinge calitatea de cantitate, ce e bun de ce e rău și, în special, mă pot concentra asupra mea și a dorințelor mele, fără să-mi mai pese de ce spune lumea.

Până acum, viața mea ca femeie a fost un șir lung de căutări, de succese și eșecuri. O scară cu multe trepte abrupte. O citez pe Edith Piaf: *Je ne regrette rien*... Am avut totuși norocul să nu fiu singură. Îndrumată de părinți și bunici, am avut profesori buni în ale vieții. Îmi aduc aminte când am întrebat-o pe bunica mea, „mamaia Sicuța", ce trebuie să fac eu ca femeie și soție pentru ca soțul meu să fie fericit cu mine. S-a uitat fix la mine și mi-a răspuns scurt: „Trezește-te în fiecare dimineață cu zece minute înaintea lui și aranjează-te cu puțin ruj, ciupește-ți obrajii și dă-ți cu două picături de parfum. Apoi, bagă-te în pat și trezește-l frumos".

Astăzi, sunt convinsă că viaţa înseamnă doar clipe pe care încerc să le prind din zbor ca să le fac să se oprească în loc. Descopăr pasiuni noi şi reiau pasiuni vechi, mă răsfăţ cu momente de relaxare, linişte, solitudine, călătoresc pentru mine, pentru sufletul meu. Probabil că am dăruit celor din jur tot ce aştepta lumea de la mine: am fost o fată cuminte în casa părinţilor mei, pe urmă am devenit soţie a cuiva, mamă pentru copilul meu, prietena altor femei. Acum vreau să fiu... Eu. Simplu. Doar Eu.

Cum au mai spus şi alţii înaintea mea, viaţa este un fel de carusel. Te învârte, te urcă şi te coboară. Important este să nu te dai jos din el. Şi dacă totuşi voi, femeile, nu vă iubiţi aşa cum sunteţi, cu farmecul pe care l-aţi moştenit de la părinţi şi bunici, cu farmecul care emană din făptura voastră, pe care l-aţi cizelat în ani, vă mai spun ceva.

În tinereţe îmi doream să am ochii albaştri. Acum ŞTIU să iubesc ochii mei căprui, în care se oglindesc sufletul şi farmecul meu. „M-am tot întrebat ce nuanţă au ochii tăi şi dintr-odată mi-a picat fisa: miere poliflora într-un recipient transparent, ţinut la soare."

Este un compliment pe care l-am primit de la o... femeie.

Firul subțire al vieții

Am simţit cum mâna mea s-a desprins dintr-a lui. Valul ne-a înghiţit cu o forţă de neînvins. Îl văzusem venind spre noi, din ce în ce mai mare, spumegând cu furie, dar mă simţeam în siguranţă pentru că eram cu tata. El mă ţinea strâns de mână... Și totuși, valul ne-a izbit cu putere și am simţit cum mâna mi-a alunecat dintr-a tatei. Am încercat să strig, dar apa sărată mi-a inundat gura, făcându-mă să mă înec. L-am auzit pe tatăl meu strigând: „Danaaaaaaa!".

În următoarele clipe, valul m-a luat cu el și a început să se joace cu mine. M-a târât până la fund, mi-a izbit capul de nisip, m-a rostogolit odată cu el și m-a făcut să înghit apă sărată amestecată cu nisip. În toată această nebunie, încercam să îmi revin, să ating pământul cu piciorul, dar nu mai știam unde este. În sus, în jos, totul era o imensitate de apă vâscoasă, care mă trăgea și mă împingea în toate direcţiile. Încercam să nu respir, dar teama că nu mai ies la suprafaţă mă făcea să mă panichez și să simt că nu mai am aer în mine. Îmi explodau plămânii și îmi era frică, o frică teribilă de necunoscut. Oceanul Indian, atât de frumos privit de la mal, putea fi imprevizibil și crud când intrai în el. Parcă voia să ne arate că el este stăpânul absolut.

În acele secunde care parcă s-au transformat în ore, m-am lăsat pradă fricii și m-a cuprins o tristețe sfâșietoare că nu îmi voi mai revedea părinții, bunicii, sora, că nu voi crește mare, că nu voi ști ce înseamnă viața. În acele secunde, când valul îmi purta de colo-colo trupul, mintea mea rămăsese blocată pe un singur gând: Cum să supraviețuiesc? Și atunci a apărut lângă mine prietenul meu Tintin. Ca o paranteză, pe atunci devoram *Aventurile lui Tintin* și de multe ori mă cufundam atât de adânc în poveștile și peripețiile lui, încât o aduceam la disperare pe mama. „Dana, Danaaaaa, Daaaaanaaa!", mă striga ea, dar degeaba. Nu aveam nici ochi, nici urechi pentru ce se întâmpla în jurul meu. Făcusem o adevărată pasiune pentru Tintin și pentru toți prietenii lui: profesorul Calculus, căpitanul Haddock, frații Thomson & Thompson și cățelușul Snowy. Trăiam odată cu personajul principal aventurile și situațiile extreme prin care trecea, citeam cu atenție dialogurile și observam gesturile și logica lui când ieșea cu brio din încurcături. Aceste aventuri scrise și ilustrate cu atâta inteligență și spirit de Hergé mi-au deschis apetitul pentru cunoaștere, mi-au hrănit imaginația.

Când a apărut Tintin lângă mine, vocea lui mi-a dat încredere. Bătăile inimii mi-au încetinit, am deschis ochii și am privit apa. Devenise clară și am întrezărit razele soarelui prin ea. Mi-am dat seama că aceea era direcţia bună. Cu ultimul suflu de aer din plămâni, mi-am adunat puterile, am împins vertiginos apa cu picioarele şi cu mâinile şi am ieşit la suprafaţă, scoţând un urlet şi deschizând larg gura pentru a înghiţi aerul curat. Plămânii îmi ardeau, tâmplele îmi zvâcneau de durere, muşchii corpului îmi amorţiseră şi am simţit oboseala teribilă care pusese stăpânire pe mine. Am auzit ca prin vis vocea tatălui meu şi m-am trezit scoasă din valuri de braţele lui puternice. Am deschis ochii şi printre gene l-am văzut pe Tintin zâmbindu-mi şi trimiţându-mi un salut: „La revedere, Dana! *Until we meet again*“.

Akbar

Aveam şapte ani când am ajuns în Sri Lanka, Insula Paradisului sau „Lacrima Indiei", cum mai e numită. Prin misiunea diplomatică a tatălui meu, toată familia noastră a plecat să locuiască în această ţară ecuatorială complet diferită de a noastră. Limba, civilizaţia, cultura şi religia acestei ţări, flora şi fauna, totul era diferit.

Când am sosit la Ambasadă cu toate bagajele, care nu erau puţine deloc, fiindcă pe vremea aceea nu puteai să revii în ţară decât o dată la doi ani, ne-a întâmpinat staff-ul alcătuit din localnici, un om care ne servea la reşedinţă, Ganesh, plus o familie de români, soţ şi soţie cu doi copii – ei erau secretara şi portarul Ambasadei. Printre ei, ca o nălucă, a apărut un câine negru. Un labrador cu ochi verzi. Am ţipat de fericire, fiindcă îmi dorisem foarte mult un câine. Am întrebat cum îl cheamă: „Akbar", a venit răspunsul portarului. L-am văzut pe tatăl meu ridicând din sprânceană în semn de amuzament. N-am înţeles de ce… apoi mi-a explicat ce înseamnă acest nume în lumea arabă.

Akbar a devenit prietenul meu cel mai bun. Eram nedespărţiţi. Îi plăcea să mă întâmpine dimineaţa sărind cu labele pe mine. Își cerea porția de mângâieri. Era un câine extrem de inteligent și foarte atașat de casă. Parcă știa că el este bodyguard-ul unui loc special, *top secret*! Făcea ture non-stop din fața curții, unde era poarta principală a Ambasadei, până în spate, unde era grădina reședinței noastre. Într-o zi l-am văzut preocupat de ceva în grădină. Sărea în sus ca o capră, apoi își băga botul în iarbă adulmecând, iar sărea în spate, iar înainta încet... și tot așa până când m-a făcut curioasă și am ieșit după el în curte. În acel moment a început să latre, venind încet spre mine. Nu înțelegeam ce avea câinele. Parcă înnebunise. Panicată, am intrat repede în casă. L-am strigat pe Ganesh și l-am rugat să-l calmeze pe Akbar. Eu mă uitam pe fereastră la agitația din curte. După un timp l-am văzut pe Ganesh luând o prăjină cu un cârlig ascuțit în vârf. Akbar lătra și dădea cu laba peste ceva în iarbă. După câteva minute de suspans, Ganesh a străpuns pământul cu prăjina și a ridicat în aer un șarpe lung.

Tot Akbar a fost cel care m-a făcut să mă împrietenesc cu vecinul de vizavi. Era un băiat de vreo cincisprezece ani, localnic. Drăguț, manierat, dar foarte timid. Nu reieșea deloc din comportamentul lui că ar avea un *crush* pentru mine. Eu eram mică, destul de introvertită, nu îmi stătea mintea la băieți și în nici un caz nu aveam de gând să intru în vorbă cu el. Eram fiica unui diplomat care provenea dintr-o țară comunistă, unde principiul de bază era să nu vorbești cu străinii.

Nici măcar cu cei în ţara cărora locuiai, dacă nu treceau prin filtrul securizat al staff-ului de la Ambasadă...

Akbar mă întâmpina în fiecare zi la intrarea principală. Începea hârjoneala obişnuită între noi. Într-o zi, m-a lovit o floare aruncată spre mine de cineva. Am auzit ca un ecou „*I loooooove youuu*“ şi am văzut un bilet prins de zgarda lui Akbar: „*My dearest dear...*“, semnat: Christopher.

M-am înroşit toată şi m-am uitat ruşinată spre poartă, încercând să ghicesc de unde venea sunetul vocii. Îmi aduc aminte că Akbar se uita fix la mine cu ochii lui verzi şi a început să râdă. Da, câinele ăsta avea o faţă extrem de expresivă. Rânjea cu gura până la urechi, scosese o limbă lungă şi roşie şi m-a împuns cu nasul lui umed, de parcă voia să-mi spună cum au complotat ei împreună ca să mă facă atentă la această mică declaraţie de dragoste.

Uneori Akbar se juca de-a v-aţi ascunselea cu mine. Eu îl strigam şi el rămânea pitit, făcându-mă să-l caut prin toată curtea. Într-o zi, după ce l-am strigat de câteva ori tot mai tare, a ieşit tatăl meu şi mi-a spus răspicat: „Dana, vecinii noştri de la colţul străzii sunt musulmani. De fiecare dată când strigi câinele, ei cred că iei numele profetului lor în derâdere. Încetează cu asta. Trebuie să avem grijă la orice detaliu de acest fel“. M-am uitat la el mirată. „Păi, atunci de ce au numit căţelul Akbar? Oricum, el e singhalez, deci budist. Mai bine îi spuneam Buddha!“

Akbar a trăit cu noi ca un rege. Când a sosit timpul să plecăm în țară, după patru ani, a trebuit să găsim o altă casă pentru el. Tata, știind cât de mult îl iubeam pe Akbar, s-a dat peste cap să-i găsească un nou stăpân. A reușit ca Akbar să fie adoptat de unul dintre miniștrii guvernului din Sri Lanka. Toată familia l-a condus la noua lui casă. Țin minte că era o locuință superbă, cu o grădină imensă, plină de plante exotice, de flori, frangipani și orhidee, dar și de animale. Aveau un pui de elefant care s-a împrietenit imediat cu Akbar. Ministrul ne-a așteptat cu ceai de Ceylon și cu prăjituri. Servitorii roiau în jurul nostru pe terasa umbrită de palmieri, iar vântul adia ușor dinspre ocean. Grădina era de vis. M-am bucurat că Akbar va avea un cămin atât de frumos unde să-și petreacă restul zilelor în liniște. Când ne-am îndreptat spre mașină, Akbar a venit alergând spre noi și a încercat să sară înăuntru, scheunând încet. Parcă simțea că îl lăsam acolo... Un servitor a venit repede și l-a luat de zgardă, ținându-l strâns să nu scape. Am plecat cu mașina, uitându-mă după el în oglindă. Plângeam și îl strigam: „Akbar, Akbar!“.

Ultima mea amintire despre Akbar este imaginea câinelui privindu-ne cum îl părăseam. Tatăl meu a păstrat legătura cu noul stăpân, chiar dacă legile țării noastre pedepseau dur orice asociere cu străinii. Și totuși, Akbar merita să ne asumăm acest risc. Făcea parte din familie.

Am avut vești de la el până în ziua în care s-a stins din viață. „*He died a happy dog*“, ne-a spus stăpânul lui.

Cu crocodilul în casă

Trecusem în clasa a șasea. Revenisem în România și mă mutasem la bunici, în Târgoviște. Părinţii mei nu au vrut să mă lase singură în București, la internatul Ministerului Afacerilor Externe, unde stăteau mulţi copii în lipsa părinţilor trimiși în misiuni diplomatice. La Târgoviște am fost înscrisă la o școală destul de exigentă, unde conta cât de bun erai ca elev, ce culoare avea șnurul de pe uniforma de pionier și, bineînţeles, se ţinea seama și de ocupaţia părinţilor. Nimeni nu știa cine era fata blondă cu tenul ciocolatiu care a intrat pe ușa clasei la începutul anului școlar. Strigat la catalog, numele nu spunea nimic. Nu avea nici un ecou. Nu eram copilul cutărui doctor, avocat sau profesor renumit din oraș. Nu eram rudă cu nici un om important, așa că... am fost pusă în ultima bancă. Nu mă băga nimeni în seamă, nu vorbea nimeni cu mine. Așa au trecut orele de matematică, de română, de istorie și de geografie și o săptămână de *silenzio stampa*. Bârfa pe care am prins-o în zbor spunea că cei din jur erau nedumeriţi de rasa mea. Nu mai văzuseră o

„ţigancă“ blondă. Soarele ecuatorial îşi lăsase urmele pe corpul meu, transformându-mi nuanţa pielii în aceea a ciocolatei cu lapte şi culoarea părului într-un şaten deschis cu reflexii aurii. A sosit şi ora de limba engleză. Profesoara, o tipă tânără şi îmbrăcată elegant, a intrat pe uşă, s-a aşezat cu fundul pe catedră, a deschis cartea la o lecţie şi ne-a ordonat să citim fiecare câte o propoziţie. Eram vreo treizeci şi cinci de copii în clasă, aşa că a durat ceva până s-a ajuns la eleva din ultima bancă. Cu un zâmbet în colţul gurii, tovarăşa profesoară m-a îndemnat să citesc şi eu ceva, cât sunt în stare: „Hai să te auzim şi pe tine, Daniela… cum ai zis că te mai cheamă?“.

M-am ridicat în picioare, cu genunchii tremurând. Banca s-a izbit cu putere de cea din faţă, făcând un zgomot care a stârnit rânjetele celorlalţi copii. Aveam un nod în gât pentru că, practic, era prima data când vorbeam în faţa tuturor. Am citit toată lecţia foarte repede. Cu accent… american. Tăcere… Gura profesoarei formase un O perfect. Toţi elevii, ca la un semn, s-au întors cu faţa spre ultima bancă, şocaţi de parcă văzuseră un… crocodil.

Nu pot să exprim în cuvinte senzaţia pe care am avut-o în acele clipe. O căldură plăcută mi-a inundat tot trupul, cred că mi s-au întipărit pe faţă un zâmbet, o expresie de pisică satisfăcută care a descoperit în debara borcanul cu untură. În pauză, toţi colegii m-au înconjurat, iar eu încercam să răspund întrebărilor care veneau la fiecare secundă din toate direcţiile. În acea zi s-a spart gheaţa. Asta m-a costat ceva, în sensul că, la fiecare „lucrare de control", fiţuicile colegilor treceau în timpul orei pe la mine, la corectat, până s-a prins profesoara de engleză, care m-a mustrat zdravăn. Oricum, am fost mutată din banca din spatele clasei.

Apropo de crocodil, iată cum s-a desfăşurat prima mea lecţie de limba engleză în Sri Lanka.

Pentru că părinţii mei au făcut mari eforturi ca să mă dea la Overseas School of Colombo (Şcoala Americană pentru copiii expaţilor şi diplomaţilor), fusesem nevoită să învăţ engleza repede şi bine. Aşa am ajuns la Mrs. De Silva, profesoara de engleză cu care am început o serie de lecţii private la ea acasă. Era o femeie frumoasă, extrem de delicată, de o eleganţă aparte. Îmi plăceau mult simplitatea gesturilor ei, vocea caldă şi manierele englezeşti. Casa ei era tipic indiană, cu camere mari, răcoroase, cu deschidere largă spre grădina luxuriantă, cu mobilă din ratan şi bambus, cu statuete reprezentându-l pe Buddha aranjate prin colţurile casei. Într-una dintre camere era un altar de rugăciune cu frangipani în boluri şi candele aprinse. Ventilatoarele băteau din palete şi scoteau un sunet uşor, făcând să se mişte aerul şi alungând atât cât se putea căldura care răzbătea în valuri de afară.

Mrs. De Silva m-a întrebat dacă ştiam ceva în limba engleză. Începusem să învăţ această limbă încă din clasa a doua, la Bucureşti, dar nu ajunsesem prea departe.

M-a rugat să-mi scriu numele în engleză. „Mai neim iz Dana", am scris eu, sigură pe mine. A zâmbit și mi-a spus: „*Very good, Dana. This is a good start*".

Lecţia a fost întreruptă brusc de un zgomot venit din bucătărie. Femeia care o ajuta în casă a început să strige ceva în singhaleză. Mrs. De Silva s-a ridicat repede de la masă și a fugit spre terasă.

Servitoarea a apărut cu un furtun cu jet puternic de apă, l-a pornit și a ţintit spre o direcţie precisă, în timp ce Mrs. De Silva a început să fluiere tare, agitând un băţ lung în faţa ei. Amândouă se uitau fix în același loc, stând aproape una de alta.

Speriată, am rămas lipită de masa din sufragerie. Îmi încleștasem mâinile atât de tare, încât degetele mi se albiseră și îmi amorţiseră. Inima îmi bătea puternic și scoteam un fel de scâncete înfundate, de parcă mă strângea cineva de gât. Nu înţelegeam ce se întâmplă, nu înţelegeam nici limba, așa că tot ce puteam să fac era să stau încremenită pe loc. După câteva minute bune, Mrs. De Silva, calmă și cu același zâmbet pe faţă, a revenit la masă, lămurindu-mă pe un ton firesc: „*Don't worry, it was just a crocodile*".

Trecut și prezent

Îi zăream umbra prin geamul ușii. Era o ușă mare și grea, cu geam mat, cu broască înaltă și aurie, iar cheia era lungă, cu un mic model la vârf. Bunica verifica dacă îmi făceam temele. Pășea tiptil pe coridorul care despărțea camerele noastre, se apleca ușor și se uita pe gaura cheii. Eu aveam grijă să nu mă vadă altfel decât cu capul aplecat peste caiete, concentrându-mă cu stiloul în mână. Aveam lecții grele, intrasem la un liceu de matematică-fizică cu standarde înalte, iar asta necesita multe ore de studiu. Ceea ce nu știa bunica, deși a aflat până la urmă, era că eu ascultam muzică la căști în timp ce învățam. Când m-a prins, într-un final, mi-a dat vreo două, pentru că nu pricepea cum reușeam să mă concentrez la probleme de matematică deși îmi „urla muzica în urechi".

În fiecare zi, când veneam de la școală, intram pe ușă ca un taifun, strigam la bunica, știind că este în bucătărie, „Mamaie, mi-e foame", îmi aruncam hainele și ghiozdanul pe pat și mă duceam direct la combina muzicală. Pe pereții din camera mea erau afișe mari. Actori, cântăreţi şi trupe zâmbeau trufaş la mine de la înălţimea lor: Brooke Shields, Cyndi Lauper, ABBA, Duran Duran, Bruce Springsteen, Michael Jackson, Marilyn Monroe, Boney M., Alphaville, A-Ha şi Madonna. Eram înnebunită după muzică şi filme, visam cu ochii deschişi că într-o zi aş putea să fiu celebră, să ating stelele.

Fără să mai stau pe gânduri, în timp ce bunica gătea, îmi puneam căştile la urechi, dădeam volumul la maximum şi deodată muzica îmi invada corpul. Ascultam orice, de la pop la rock şi disco, boxele mari ale combinei Sony duduiau, iar eu începeam să cânt, prefăcându-mă că ţin un microfon în mână, unduindu-mă după ritmul muzicii. Aveam ceva ureche muzicală şi voce, dar nici nu îndrăzneam să strecor în discuţiile mele cu bunica ideea de a deveni cântăreaţă. Îmi imaginam că sunt într-o sală plină, că oamenii mă aclamă, că sunt apreciată şi iubită. Îmi doream să ajung ca idolii din afişele de pe pereţii camerei mele, acei oameni frumoşi şi talentaţi pe care îi admiram şi îi invidiam atât de tare. Ştiam că nu puteam transforma acest vis în realitate, aşa că rămâneam doar cu iluzia că aş putea fi artistă. Pentru aceasta, eram în stare să lupt şi să mă cert cu oricine îndrăznea să-mi întrerupă reveria. În acele momente simţeam că zbor, că nu mai există graniţe, nici cele fizice, care erau închise spre alte ţări cu o „cortină de fier", nici cele sociale. Noi, copiii acelor vremuri, nici nu speram că am putea ajunge să ne împlinim visele sau să ne întâlnim idolii. Undeva, cândva...

Stăteam pe mijlocul drumului, cu o hartă în mână. Am tresărit la zgomotul făcut de un clopoţel. Un biciclist mă avertiza că stăteam pe banda lui. M-am uitat în spate şi am văzut că, într-adevăr, blocam traficul. Mă aflam în mijlocul Amsterdamului şi da, era trafic de biciclete. Am privit în jur. Era o zi splendidă de toamnă. Totul era colorat. Casele erau aliniate ca nişte soldăţei, unele păreau a fi în stare de ebrietate, înclinate pe o parte şi sprijinindu-se una de alta. Multicolore, cu ferestre şi obloane din lemn, stăteau înşiruite de-a lungul străzilor pietruite şi se oglindeau în apa râului Amstel. Era în anul 2006 şi era prima mea călătorie făcută de una singură. Fără să mai ţin cont de părerea familiei, îmi luasem bilet de avion şi găsisem o cameră decentă la un hotel în centrul vechi al Amsterdamului. Acum, cu căştile iPod-ului la ureche, ascultam noul album al Madonnei, *Confessions on a Dance Floor*. Venisem pentru ea. Pentru Madonna. Era primul concert pe stadion la care asistam. Doream să îmi transform visul în realitate. Să o văd şi să o ascult pe Madonna în carne şi oase. Îmi luasem biletul pe peluză, în faţa scenei, unde stau fanii adevăraţi. Cine ştie, poate că Madonna avea să-şi oprească privirile asupra mea sau poate avea să arunce un obiect din vestimentaţia ei, iar eu îl voi prinde din zbor...

Am ajuns pe jos la hotel, cărând după mine geamantanul ale cărui roţi trosneau pe pietrele străzilor pietonale. Am intrat în recepţie şi am zărit o gaşcă gălăgioasă de australieni îmbrăcaţi *à la* Madonna, purtând pălării de cowboy roz, cu boruri pline de paiete strălucitoare. Păreau că au ieşit direct din clipul *Music*.

Într-un final, am intrat cu bagajele în cameră. O încăpere îngustă, curată, cu un singur pat, baie cu cabină de duş şi un geam mic ce dădea spre un zid al casei vecine. Nu ştiu de ce, dar îmi venea să plâng. Nu-mi place singurătatea. Aş fi vrut să călătoresc cu oamenii pe care îi îndrăgesc, cu familia sau cu prietenii, dar nimeni nu păruse interesat să facă această excursie cu mine. Concertul Madonnei nu era pe placul lor. După părerea lor, această femeie era „doar un produs de marketing, fără voce, fără alte calităţi decât aceea de a fi o mare manipulatoare". Oare eram nebună dacă-mi plăcea Madonna? N-am înţeles asta niciodată. De ce unii oameni îi judecă pe alţii doar după aparenţe?

M-am încălţat comod şi am coborât în lobby-ul hotelului. Lumea părea prietenoasă aici. Chiar şi femeile îmi zâmbeau într-un mod foarte plăcut. Am ieşit pe stradă şi am luat-o la pas. Era o atmosferă veselă în tot oraşul. Tineri îmbrăcaţi *cool* vorbeau, gesticulau şi fumau... iarbă. Mirosul dulce şi uşor înecăcios al marijuanei parcă îmi dădea şi mie o senzaţie de plăcută ameţeală, dar nu m-a tentat ideea s-o încerc, chiar dacă aici era legal. Toată lumea părea extrem de relaxată. *La dolce vita*... într-un mare fel!

Mă bucuram ca un copil de această senzaţie de libertate, mergând încet pe străzi, admirând magazinele, unele cu articole extrem de deşucheate, şi întâlnind la tot pasul oameni diferiţi de cei pe care îi vedeam acasă. Oamenii de aici nu mă urmăreau cu ochi iscoditori şi nu aveau gurile strâmbate de griji şi de tristeţi. Era o atmosferă ca de sărbătoare, în care toată lumea făcea ce voia. Am intrat într-un bar care m-a atras cu muzica ce răzbătea prin uşa deschisă. Era semiîntuneric, iar barul era plin. Toată lumea dansa cu mâinile în aer, mişcându-se pe ritmul muzicii. Strecurându-mă prin mulţimea într-o mişcare browniană, am încercat să ajung la bar ca să-mi comand ceva de băut. Nu-mi place băutura tare, adesea aleg mai degrabă un cocktail sau un vin roşu sec, fiindcă vreau să savurez gustul şi aroma băuturii, nu să mă fac praf.

Încercam să îmi ajustez privirea la lumina difuză, străpunsă de jeturi de laser care făceau jocuri halucinante pe pereţi. Muzica bubuia, făcând să-mi vibreze tot corpul, fumul de ţigară se ridica în valuri spre tavan, laserul parcă îmi străpungea retina, iar vocile oamenilor din jurul meu, care vorbeau în toate limbile, creau un amalgam de cuvinte care ţeseau o poveste a momentului. M-am lăsat purtată de această senzaţie de libertate deplină, închizând ochii şi bătând ritmul muzicii cu talpa cizmei. Am dus uşor paharul la gură, sorbind din vinul roşu ca sângele, catifelat. Am plescăit uşor cu limba lipită de cerul gurii şi am deschis ochii pe jumătate. Şi atunci... am zărit-o. Femeia blondă care dansa îndrăcit era oare... Madonna?

Îmbrăcată într-un costum negru din latex, cu mănuşi lungi cu butoni aurii pe părţile laterale şi retezate la degete, cu un bolero cu ciucuri roşii aruncat neglijent pe un umăr, cu ochelari negri care-i încadrau aproape toată faţa, Madonna dansa ca o nălucă printre rotocoalele de fum şi lumini orbitoare, înconjurată de mai mulţi bărbaţi în jeanşi şi cămăşi deschise până la talie, transpiraţi şi cu părul dat cu gel, strâns în codiţe şi prins în stil afro în mărgele colorate. Era micuţă, să fi avut cam 1,55 metri înălţime, dar purta pantofi cu tocuri foarte înalte. Cu toate acestea, părea că are aripi la picioare. Se învârtea ca un titirez şi se lăsa purtată pe sus de bărbaţii aceia musculoşi. În toată agitaţia aceea, am văzut ceva sclipind la gâtul ei. Era o cruce neagră lucrată în stil 3D pe fundalul auriu al literei M.

Eram ca în transă. Nu-mi venea să cred că este adevărat. M-am uitat în jur să văd dacă lumea se înghesuia să o atingă, să guste puţin din celebritatea ei, să intre în lumina aurei ei. Nimeni nu părea surprins de prezenţa Madonnei acolo. Toţi dansau, cu aerul cel mai firesc din lume.

M-am uitat la paharul cu vin roşu. Să fi băut oare prea mult? Nici nu terminasem paharul. Să fi strecurat cineva vreun praf halucinogen în băutura mea? Nu mi se părea că am vreo ameţeală suspectă... Mi-am ridicat din nou privirea şi m-am uitat la ea. În Amsterdam sunt mulţi oameni care se travestesc în personaje celebre, poate că era cineva care imita foarte bine felul de a fi şi înfăţişarea Madonnei. Am rămas pe locul meu, la bar, uitându-mă la spectacolul pe care mi-l oferea Madonna. Parca voia să-mi spună: „Uite, se poate. Vezi că se poate? Când erai copil, visai să mă vezi. Acum sunt aici. Cine visează intens la ceva și își urmărește visul îl va vedea transformându-se în realitate".

A doua zi de dimineaţă m-am trezit năucă. O dulce amorţeală mă făcuse să lenevesc în pat. Am adorat întotdeauna camerele de hotel, patul cu lenjeria care foşneşte plăcut și miroase a proaspăt apretat. Mi-am vârât nasul în pernă și am cuprins-o cu braţele. M-am gândit din nou la noaptea trecută. Să fi fost chiar ea? Hm, nu prea credeam asta. Cu siguranţă fusese cineva care o imita. Amsterdamul era plin de oameni veniţi din toată lumea la concertul Madonnei. Mulţi fani înrăiţi care încercau să fure ceva din personalitatea ei. Mulţi artiști care o copiau, de la gesturi, machiaj și coafură până la îmbrăcăminte. Imposibil să fi fost ea.

M-am sculat din pat și mi-am pregătit ţinuta cu care mergeam la concert. Desigur, și eu, ca orice fan, încercam să împrumut artificii din stilul Madonnei. M-am uitat în oglindă și mi-am trasat cu tușul o linie neagră pe pleoape. Mi-am conturat buzele cu un ruj roşu-purpuriu. Am fost tentată să îmi fac o aluniţă în colţul gurii, dar m-am abţinut. Eram foarte emoţionată că aveam să merg la primul concert *live* din viaţa mea.

Mi-am tras pe mine blugii, am îmbrăcat un maiou cu semne zodiacale, o geacă din piele cu talie scurtă şi epoleţi prinşi în nasturi argintii. M-am încălţat cu cizme cu ţinte şi mi-am pus mănuşi scurte, fără degete. Era frig, aşa că mi-am înfăşurat în jurul gâtului un fular mare din mohair. Mi-am prins părul cu nişte clame argintii şi mi l-am tapat la vârfuri, ca să fie înfoiat în stilul anilor '80, Pop-Rock Diva Style.

Trebuia să plec devreme spre Amsterdam ArenA, unde se ţinea concertul. Se luaseră măsuri de securitate foarte stricte, trebuia să trec prin multe filtre, iar eu voiam neapărat să prind un loc bun pe peluză, în faţa scenei.

Am luat metroul până la stadion şi acolo m-am lăsat înghiţită de o mare de oameni. M-am înarmat cu răbdare şi m-am lăsat purtată de mulţime până la intrările în arenă. La *check point* mi s-au confiscat umbrela şi aparatul foto. „*No pictures*", mi-a spus pe un ton ferm un bodyguard înalt de doi metri. „Vei primi lucrurile înapoi la ieşirea de pe stadion." M-am făcut mică, am dat din cap aprobator şi am trecut repede, ieşind din raza privirii lui.

Am ajuns la peluză şi m-am învârtit pe loc, cu privirea în sus. Eram pe faimosul stadion! Avea peste

50.000 de locuri și toate erau ocupate. Un DJ urcase deja pe scenă și încălzea atmosfera cu muzică remixată. Ecrane gigantice afişau proiecţii cu laser, iar stadionul trepida de sunetul muzicii contopit cu zgomotul mulţimii care scanda într-o singură voce: „Madonna, Madonna, Madonna".

După exact o oră de la cea anunţată pe bilet, s-au stins luminile. Mi s-a zbârlit instantaneu părul de pe ceafă. Muzica însoţită de imaginile proiectate pe ecranele uriaşe a avut întotdeauna acest efect asupra mea. „O fi Madonna pentru unii o artistă lipsită de voce, dar nimeni nu le are cu marketing-ul ca ea!", mi-am spus în gând.

Un vuiet asurzitor a cuprins tot stadionul în momentul în care Madonna și-a făcut apariţia într-un con de lumină albastră. Eram aproape de scenă și am reușit să o văd destul de bine. În acea lumină ireală, Madonna se întrezărea ca o fantasmă cu pielea străvezie. Ceva îi strălucea la gât. Imaginea de pe ecran s-a mărit și a arătat-o pe Madonna de aproape. O cruce neagră pe fundalul unui M auriu strălucea în mii de culori...

21,22:22...

La ora 20,00 fix soseau invitaţii. Eram foarte emoţionată. Îmi plăcea când venea lumea în vizită la noi. Părinţii mei se agitau, punând la punct ultimele detalii. Era ziua de naştere a surorii mele. Împlinea patru ani. Pe 4 martie. Fuseseră invitaţi verii noştri, două mătuşi, un unchi şi câţiva colegi de serviciu, prieteni buni ai tatălui meu.

Abia aşteptam să înceapă petrecerea. Întotdeauna se lăsa cu poveşti, dans şi mai târziu... cu glume deşucheate. De parcă noi, copiii, n-am fi înţeles, adulţii încercau să spună bancurile folosind semne sau lăsând cuvântul „acela“ neterminat. Mda, nu păcăleau pe nimeni. Îi lăsam să creadă că nu înţeleg nimic, făcând o faţă nevinovată. Problema e că, după ceva timp, la următoarea petrecere, începeam să-i strig în gura mare tatălui meu: „Spune bancul ăla cu Bulă... ştii tu, când zice «Creţule, mă-ta-i acasă?»“.

Atunci tatăl meu mă apostrofa, lumea râdea şi făcea glume pe seama „copilului precoce“, iar mama se uita urât la tata și îl certa: „Vezi, dragă, cum înveți tu copilul la prostii?".

Probabil că undeva, în subconștientul meu, se strecurase gândul că părul creț e ceva nemaipomenit. Îmi aduc aminte cum, în adolescență, am insistat să îmi fac un „permanent", dorință ce mi-a fost îndeplinită ca răsplată pentru intrarea la liceu. Era primul meu act de independență. Am nimerit, condusă de bunica mea, la coaforul din centrul orașului, unde o femeie robustă cu părul vopsit într-un roșu strident, tapat și dat cu un fixativ urât mirositor, m-a așezat pe scaunul din piele care se rotea cu un scârțâit pe piciorul metalic.

– Ce dorește dom'șoara?

– Păi, un semipermanent, vă rog. Așa, ceva cum are La Toya Jackson. Să facă ape-ape.

– Cineee? Eu zic că ți-ar sta bine coafura Angelei Similea. Că doar ea e vedeta numărul unu din România și din lume. Nu vezi că pleacă tot timpul prin străinătățuri?

Îmi plăcea Angela Similea, o vedeam des în cele două ore de program TV la care aveam voie să ne uităm. În special sâmbătă seara, când erau varietățile cu actori și cântăreți. Nu prea pricepeam eu umorul cu tâlc din scenetele în care jucau actorii, în schimb îmi plăcea să mă uit la toaletele etalate de artistele celebre care cântau șlagăre. Admiram silueta Angelei Similea, pusă în valoare de rochii strălucitoare, dantura ei perfectă și vocea inconfundabilă. Însă coafura ei nu pot spune că mă dădea pe spate. Dar, dacă îmi garanta coafeza că o să-mi stea bine, cine eram eu să comentez?

M-am așezat mai bine în scaun și mi-am pus mâinile în poală. M-a acoperit cu un material negru impermeabil, pătat cu vopsea, și mi l-a strâns bine cu un șnur în jurul gâtului. Coafeza vorbea întruna. Nu lăsa pe nimeni să mai scoată o vorbă, astfel că am rămas resemnată pe scaun, urmărindu-i atent mișcările.

– Aoleuuu, cât păr ai. Trebuie să-l mai tundem.

– De ce? întreb eu sfioasă. Dacă îl facem permanent, se încrețește, deci se scurtează...

– Nțț, trebuie să-l tundem... în scări. Asta e la modă acum.

– Păi, adică cum? Mi-ar plăcea să-mi faceți părul cum îl are Brooke Shields.

– Cineee? N-o cunosc. Nu pare a fi româncă și eu nu vreau să știu pe nimeni cu nume d-ăsta străinez. Lasă-te mătăluță pe mâinile mele, că am treizeci de ani de activitate și știu eu ce-i mai bine pentru tine.

Ni s-au întâlnit privirile în oglindă, într-un duel mut. Eu am coborât prima privirea, așa că... scorul a fost de unu la zero pentru ea.

A urmat un întreg spectacol de pregătire a părului meu pentru marea schimbare. Împărțirea șuvițelor, răsucirea lor pe câte un bigudiu subțire din lemn care semăna cu un oscior de pui de găină prins în propriile lui zgârciuri. Îmi amintesc și acum mirosul soluției de permanent, tare de-ți muta nările din loc. Așteptarea de o oră, cu acel miros în păr și cu o senzație neplăcută de mâncărime. Mi se părea că-mi iese fum din cap și o întrebam întruna pe coafeză dacă părul meu mai rezistă.

– Rezistă, rezistă, că nu e după cum vrea el, e după cum vreau eu, răspundea coafeza, sigură pe ea.

După ce a trecut un timp care mi s-a părut o veșnicie, m-am ridicat ca să fiu spălată pe cap. Valuri de vapori cu miros înecăcios îmi intrau în nări. Mă usturau ochii și încercam să-i țin strâns închiși pentru a scăpa de senzația aceea nesuferită.

N-am apucat să trag cu ochiul în oglindă, că părul meu a și dispărut sub prosopul ud răsucit în formă de turban.

Eram curioasă să mă văd cu noua coafură și începusem să-mi pierd răbdarea.

Foehnul cu forma unui pistol a început să șuiere zgomotos...

Șuieratul acela l-am mai auzit cândva. Tresar de fiecare dată când aud acest zgomot. Mă sperie, mă neliniștește, mă agită, îmi dă senzația teribilă că urmează ceva rău.

Glasurile invitaților noștri răzbat până la urechile mele. Mă uit la televizor. Pe ecranul alb-negru rulează un film. O scenă cu un bărbat care aleargă pe niște străzi pustii. Se tot uită în spate, să vadă dacă îl urmărește cineva. Ochii îmi alunecă spre ceas. Distracția e în toi.

Au început deja cu glumele deşucheate. Din când în când, adulţii trag cu ochiul, să vadă dacă sunt atentă la ei. Mă uit la ceas. Este ora 21,22:22.

De afară începe să se audă un şuierat. Ca și când ar veni o vijelie. Zgomotul devine din ce în ce mai tare. Stau pe canapea și mă enervează că oamenii de lângă mine se tot bâţâie, făcând-o să se mişte. Mă ridic în picioare și ameţesc. Camera începe să se învârtă cu mine. Glasurile celor din jur își schimbă tonul. Râsetele se transformă în ţipete. Ridic ochii și îi văd pe toţi clătinându-se ca popicele. Ce se întâmplă, tată, mamă?

Mătușa mea, o femeie scundă, cu părul lung, se ţine strâns de tocul uşii. Părul îi vine peste faţă, acoperind-o pentru o clipă, și apoi se desparte iarăși la mijloc, ca o perdea pe care nişte mâini invizibile o deschid și o închid peste faţa ei. O aud cum ţipă și nu înţeleg ce zice. Unchiul meu, clătinându-se și el, încearcă să vină spre mine, dar oglinda mare, veneţiană, din holul casei se desprinde de perete şi parcă vrea să ia locul umbrei lui. Cu o fracţiune de secundă înainte ca oglinda să se spargă în capul lui, este prinsă de mâna altui om. Vărul meu, alb la faţă, stă sprijinind cu tot corpul oglinda, încercând să o ţină să nu cadă. Este foarte grea, înaltă de doi metri, din cristal. Ornamentul de bronz din vârful ei cade şi se sparge în sute de fărâme printre picioarele noastre. Mă iau pe sus nişte braţe puternice. Sunt ale tatălui meu. Cu buzele strânse într-o linie subţire şi albă, cu ochii înroşiţi şi sprâncenele încruntate, înjură tare: „Fir-aţi ai naibii de nenorociţi! E bombardament. Ce ne fac ăştia?". O ia şi pe sora mea în braţe, iese cu noi pe balcon.

Ne aflăm la etajul şase al blocului. Afară, vuietul este acoperit de un zgomot ciudat, ca şi când pământul ar trosni sub noi. Încep să plâng, îl implor pe tata să nu ne dea drumul, să ne salveze. Văd clădirea din faţa blocului cum vine spre noi. Văd strada cu maşini şi tramvaie blocate pe mijlocul drumului, ridicându-se spre noi. Pământul a devenit o mare agitată, cu valuri înalte. E ireal!

În ţipetele oamenilor din stradă încep să se distingă cuvintele: „Cutremur, e cutremur!".

În acel moment, tata îşi revine din şoc şi, împreună cu toată lumea, ieşim pe palier. Zeci de oameni coboară treptele în învălmăşeală, căzând unii peste alţii şi îmbrâncindu-se. Ultima imagine pe care o am din toate acestea este a unor mere aurii care se rostogolesc pe scări în jos, cuprinse parcă şi ele de spaima că vor fi strivite sub tălpile grele ale oamenilor…

O noapte albă între două lumi

Stau împreună cu sora mea în portul din Helsinki, cu bagajele lângă noi. Amândouă purtăm hanorace, blugi și geci cu puf de pinguin, doar încălțămintea noastră e diferită. Eu mă încăpățânez să port cizme înalte cu toc, ca o adevărată *fashion victim*, iar sora mea e încălțată comod într-o pereche de bocanci cu talpa zimțată și șireturi strânse peste glezne. Mă uit cu ciudă la ea, iar ea îmi întoarce privirea cu un zâmbet ștrengăresc: „Ești *cool*, *sis*, arăți ca o divă". E o zi friguroasă, cenușie, cu norii întinși pe cer ca o cuvertură groasă care nu lasă razele soarelui să inunde pământul. În depărtare, valurile se confundă cu cerul gri. Strigătele marinarilor și larma pescărușilor par să anunțe ceva, un eveniment pe cale să se întâmple.

Mă uit în jur și văd sute de persoane stând la coadă pentru a înainta pe rampa care duce pe puntea vaporului. Unele stau cuminți, altele se agită gesticulând, încercând să intre în vorbă cu echipajul de pe vas. Mă uit la cer și văd soarele încercând să se strecoare timid printre nori. Îi zâmbesc și îi spun în gând:

„Mai încearcă, ai toată ziua la dispoziţie, ba chiar şi toată noaptea".

Ne aflăm la Helsinki, în perioada nopţilor albe. Mă obişnuiesc greu cu acest fenomen în care soarele nu apune, ci stă sus pe cer, parcă să ne facă în ciudă. Mă dor ochii, îmi simt pleoapele grele de somn, am o senzaţie de oboseală şi de apatie. Nu-mi place întunericul, dar acum, după atâtea zile petrecute în această lumină difuză, enervant de ireală, când numai storurile din lemn trase peste ferestrele înalte ale casei îţi înşală ochii şi mintea, inducându-ţi un somn artificial, mă uit la soarele care nu apune gândind: „Parcă eşti mai prietenos când ne întâlnim pe plaja insulelor greceşti..."

Un şuierat se aude în aer, trezindu-mă din reverie. Suntem gata de îmbarcare. Pasagerii încep să se agite, care mai de care, încercând să fie primii la rampă. Căpitanul vasului ne anunţă că au prioritate familiile cu copii mici. Urmează oamenii în vârstă, apoi restul pasagerilor. Ne roagă frumos să avem răbdare, că vasul nu pleacă fără noi. Ni se face instructajul şi primim un pliant cu regulile de conduită pe vas. Este un cruiser care face legătura între Helsinki şi Stockholm, un vapor de proporţii impresionante, cu cel puţin cinci etaje, piscine, restaurante, baruri şi magazine. Nu îmi plac înălţimile, îmi dau o uşoară senzaţie de vertij, aşa că nu mă uit în jur atunci când urc rampa. Valurile mării şi mişcarea rampei, cumulate cu starea mea de oboseală, îmi sporesc anxietatea. Ştiu că nu este ceva raţional, dar fac în așa fel încât să pășesc cu piciorul drept pe punte, o superstiție de care n-am ținut cont niciodată până acum. Însă poveștile marinărești par să-și fi pus amprenta undeva, într-un colțișor al minții mele. Îmi trece prin minte că poate am făcut o greșeală luând bilete pentru această croazieră, deși prietenii m-au asigurat că e un *must do*. Respir greu și mă relaxez abia în momentul în care simt puntea fermă sub picioare.

Ajungem cu bagajele în cabina cu paturi suprapuse. Ca de obicei, pentru că sunt sora mai mare, îi arunc o privire cu subînțeles surorii mele.

– Eu aleg prima patul, da?

Sora mea, cu o ușoară ridicare din umeri, se tolănește pe un scaun și deschide cu un gest automat minibarul. Își ia o bere rece și îi scoate capacul, începând să soarbă din ea. Gestul ei relaxat mă enervează și mai tare. Îmi dau seama că mă port ca o scorpie, dar nu mă pot opri. Oboseala îmi dă o stare de iritare, iar cabina, o senzație de claustrofobie. Cu siguranță, asta a fost o greșeală. Oare mai pot coborî?

Mă uit cu coada ochiului la sora mea. Mi-am dorit foarte mult să facem această călătorie împreună, deci trebuie să-mi stăpânesc ifosele astea de primadonă. Mă așez resemnată pe patul de jos și îi zic surorii mele că îi las ei plăcerea să se cațăre la etaj. În fond, e cu cinci ani mai mică decât mine, așa că…

– Nici o problemă, *sis*, de acolo pot vedea marea prin hublou.

Uf, uneori îmi vine să-i dau cu o pernă în cap, aşa de enervantă e atitudinea ei pozitivă în orice situaţie. Încerc să închid ochii şi să dorm puţin. Nu pot. Aud lumea cum vorbeşte pe coridoare, uşile se trântesc cu putere, copiii urlă, mamele vociferează, e o adevărată babilonie. Mă ridic în capul oaselor şi îi propun surorii mele să mergem în recunoaştere, să vizităm vasul.

– *Cool!* zice ea.

Ieşim pe coridor şi înaintăm, urmând semnele indicatoare. Ajungem la o răscruce unde *Left* indică piscina, spa-ul, sauna şi sala de fitness, *Right* restaurantele şi barurile, *Up* este puntea de sus cu terasele şi şezlongurile de unde priveşti marea, iar *Down* reprezintă cazinoul şi clubul de noapte.

Optăm pentru restaurante. Îmi dau seama că îmi este foame şi singurul lucru care îmi aduce zâmbetul pe buze este că în costul biletului e inclusă mâncarea în sistemul *all inclusive*, adică… *all you can eat.*

– Bun, hai să le facem pagubă.

Suntem în ţinuturile somonului, ale icrelor şi ale peştelui proaspăt. *Yummy-yum-yum.* Ne lăsăm conduse de muzica ce răzbate de undeva din depărtare.

După un drum în zigzag pe coridoare, ajungem pe o pasarelă centrală, unde nimerim în mijlocul unei mulţimi care aplaudă, cântă şi dansează odată cu o trupă de brazilience în costume colorate, cu pene înalte care flutură sub o aură de lumini strălucitoare.

Reflexiile strasurilor și ale paietelor sclipesc pe trupurile lor măslinii, cu forme generoase.

Rămânem mute de uimire. Spectacolul este extraordinar. Parcă ne-am teleportat în mijlocul festivalului de la Rio. Începem să dansăm, râzând pentru prima oară de când ne-am îmbarcat, intrând în atmosfera de vacanță a vasului de croazieră. Stewarzii ne servesc cu șampanie și icre de somon puse pe gheață pisată. *Oh là là*, așa da!

Starea de euforie ne cuprinde pe toți. Copii, tineri și bătrâni dansează și cântă la unison. Întotdeauna m-a fascinat să văd, la unii oameni în vârstă, o agilitate și o poftă de viață care nu țin seama de numărul anilor care au trecut peste ei. Deși corpurile își arată vârsta biologică, bucuria din suflete răzbate pe chipurile lor, în gesturile care parcă sărbătoresc fiecare clipă. Mă uit în jur și observ cupluri de bătrâni plimbându-se mână în mână, luându-se în brațe, zâmbindu-și unul altuia și atingându-se cu mici mângâieri pe părul cărunt și pe obrajii care nu mai au netezimea din tinerețe. Și totuși, dragostea nu se supune vârstei, ea are propriile-i reguli. Care sunt acelea, oare?

Zâmbesc prietenos unui cuplu care mi-a atras atenția: bărbatul este îmbrăcat într-un costum din tweed maro cu verde, cu helancă neagră și pantofi maro din piele întoarsă, cu șireturi roșii, femeia este încântătoare într-o rochie cărămizie, midi cu pliuri late, cu mâneci trei sferturi și o jachetă purtată pe umeri. Îi admir mânușile scurte din dantelă și șiragul de perle din jurul gâtului. Este o imagine care parcă a prins viață, alunecând lin de pe marele ecran dintr-un film al anilor '50 direct în noul mileniu.

Îi studiez cu atenție și o umbră se așterne pe chipul meu. Mi-ar plăcea să fac parte dintr-un asemenea cuplu. Să am propria mea poveste de dragoste. Să simt că bărbatul pe care îl iubesc îmi oferă dragostea și respectul după care tânjesc de ceva timp.

Mă gândesc la cel care este partenerul meu de viață. Mă încrunt și îmi mușc buza de jos. E un tic cu care am rămas dintr-o perioadă dificilă, când am trecut prin momente tensionate. Îmi dau la o parte șuvițele de păr care îmi gâdilă fața, răvășite de vânt. Fără să-mi dau seama, am urmărit cuplul până pe terasa exterioară. Afară e foarte frig. Vântul bate cu putere, iar marea își sparge valurile de puntea vasului. O negură alburie plutește deasupra apei, iar lumina difuză a soarelui îmi creează iluzia unei secvențe dintr-un film de Hitchcock. Stau cu privirea ațintită spre mare. Lumina îmi joacă feste. Parcă văd niște forme în apă. Ce să fie, oare?

Mă uit înapoi după sora mea, dar nu o mai văd. Probabil mi-a spus unde se duce, dar eu, uneori, nu mai aud. Cad în transă și îmi urmez gândurile, cu povestea care se înfiripă în mintea mea. Uit că sunt oameni în jur. Mă transform într-un personaj și încep să joc într-un film în care o voce îmi dă indicații ce să fac, țesându-mi intriga la tot pasul. Pășesc încet pe puntea vasului, atingând bara rece de pe margine, evitând să mă uit în jos, spre apă.

Această călătorie este o evadare. Am rugat-o pe sora mea să mă însoţească pentru că nu îmi place să călătoresc singură. Întotdeauna ne-am făcut confesiuni şi am fost alături, la bine şi la rău. Acum este un moment mai greu pentru mine. Mă aflu în floarea vârstei, am trecut pragul de patruzeci de ani şi simt că îmi lipseşte ceva. În toată nebunia asta a vieţii mele, în care am tot încercat să o fac să pară perfectă, am scăpat din vedere lucruri importante. Nu simţeam asta la douăzeci de ani, dar acum acest gând îmi provoacă o acută senzaţie de nelinişte. Încerc să-mi pun ordine în gânduri. Cu puterea minţii, mă forţez să dau timpul înapoi, numărând paşii în sens invers.

De ce suntem atât de duri cu noi înşine? De ce avem aşteptări aşa de mari de la cei din jurul nostru? De ce vrem să trăim o poveste care nu are legătură cu realitatea? De ce stăm într-o relaţie căreia nu îi este sortit un happy-end? De ce renunţăm la pasiunile noastre ascunse? De ce vedem în alţii mai mult decât ceea ce avem în noi? De ce vrem să trăim viaţa altora, când o avem pe a noastră?

„De ce" face parte din felul meu de a fi. Poate că ar trebui să iau lucrurile aşa cum vin ele, fără să mă mai gândesc de ce sunt aşa şi nu altfel. Dar de la acest „de ce" pleacă orice om care îşi foloseşte mintea pentru a descoperi lucruri noi. Se presupune că aşa evoluăm.

Uneori e atât de obositor acest „de ce"... Cere atât de mult efort și de multe ori te lasă fără răspunsuri.

E frustrant faptul că nu capăt răspunsuri, iar atunci recurg la intuiție. Când se întâmplă asta, fac schimbări destul de drastice în viața mea. Acum, în această clipă, sunt pe cale să mă las ghidată de intuiție, nu de rațiune.

Nu mi-au plăcut niciodată jocurile de noroc. Tocmai de aceea nu mizez totul pe o singură carte atunci când fac alegeri în viață. Nu merg la noroc, dar am încredere în intuiția mea. E posibil să mai și greșesc, dar cred că intuiția este acel al șaselea simț care, precum o mână nevăzută, mă împinge în direcția dorită de mine. De fapt, este subconștientul meu care încearcă să elibereze mintea conștientă de rigorile societății, de ce spune lumea că e bine sau e rău, de teama unui eșec. Subconștientul îmi dă curaj pentru a mă elibera de ceea ce știu că nu-mi face bine.

Mă uit din nou la marea înspumată. Ea are propriul ei ritm. Este ritmul naturii. Este frumoasă, dar imprevizibilă. Este drăgăstoasă când te învăluie cu brațele ei alunecoase, răcoroase, apoi devine dintr-odată rea, te biciuiește fără milă, trăgându-te în adâncurile ei mișcătoare. Este înger și diavol. Și totuși, fără ea, planeta nu ar mai exista. Nimic nu ar mai fi viu pe acest pământ. Așa trebuie să fiu și eu. Înger și demon. Bună și rea. Am puterea de a da viață, pentru că sunt femeie. Trebuie să mă iubesc așa cum sunt. Trebuie să lupt pentru dreptul meu de a fi iubită. Nu trebuie să mă las călcată în picioare.

Simt din nou că mi se umplu ochii cu lacrimi la fel de sărate ca apa de mare. Îmi este ciudă că sunt atât de slabă. Iau hotărârea ca, de acum înainte, să fac ceea ce trebuie ca să fiu mulţumită de viaţa mea.

În această clipă, aud paşi în spatele meu.

– *Hello.*

Mă întorc şi privesc direct în nişte ochi albaştri şi limpezi, cu mici riduri de expresie la colţurile lor. Mă dezmeticesc şi mă uit cu atenţie la cel care îmi zâmbeşte. Un străin, un bărbat înalt cu părul scurt, puţin grizonant, cu un ten bronzat, buze subţiri, dar frumos conturate şi un nas uşor acvilin. Este îmbrăcat în stil *casual*, dar *stylish*. O jachetă bleumarin şi o cămaşă descheiată la doi nasturi care lasă puţin la vedere părul de pe piept. Involuntar, îmi cobor privirea spre mâinile lui. Are degete lungi, cu unghiile pătrăţoase, tăiate scurt. Îi scanez tot corpul, de sus în jos, şi apoi ridic privirea spre faţa lui.

Are un zâmbet ameţitor, arătând o dantură albă şi sănătoasă.

– *Hello*, mi se adresează din nou.

Mă fâstâcesc uşor şi îi răspund:

– *Hello.*

Sincer, nu ştiu de ce nu reuşesc să fiu mai stăpână pe mine. Au trecut atâţia ani de la pubertate, când stăteam sfioasă, ascunsă după fustele mamei. Nu am reuşit să alung timiditatea din toate cotloanele minţii mele. Cred că face parte din firea mea, aşa că mai bine o accept şi o transform într-un atu. Să flutur puţin din gene? La patruzeci de ani nu cred că mai e cazul să aplic astfel de jocuri de seducţie simpliste, aşa că îmi schimb brusc expresia feţei, punându-mi masca de inabordabilă. La urma urmei, sunt o femeie măritată...

Dau uşor din cap şi îi întorc spatele, dar nu de tot. Îl fac să înţeleagă că nu sunt interesată de conversaţie. Nu vede că eu contemplu marea? Îmi strică starea zen...

– Ce vreme am prins şi noi... Nu prea îţi creează bună dispoziţie. Și totuși, parcă este exact ce trebuie pentru această călătorie între două lumi... Nu credeţi?

Înclin puţin din cap, în semn de aprobare. Nu vreau să creadă că sunt sălbatică. Până la urmă, călătorim amândoi pe vas. Putem avea o conversaţie simplă, ca între doi oameni cu aceeași destinaţie. Nu e la fel ca în avion? Sau în tren, când intri în vorbă cu vecinii tăi de compartiment?

Străinul se apleacă, sprijinindu-şi coatele de balustradă, şi inspiră adânc aerul încărcat cu stropii săraţi care sar din valurile mării.

– Pot să spun că aceasta este o clipă perfectă. Dumneavoastră şi cu mine aici, noi doi şi marea.

– Dar nu ne cunoaştem. Poate că ne vom antipatiza. O clipă perfectă ar trebui să fie trăită de doi iubiţi. Nu credeţi? îi răspund eu.

Mă intrigă accentul lui. Pare a fi australian, dar nu sunt sigură. Australia este un continent pe care nu l-am vizitat, dar e pe lista mea de dorinţe. Mă gândesc la frumuseţea crudă a acelor ţinuturi şi la trăsăturile aspre ale nativilor. Trag cu coada ochiului la australianul de lângă mine. Nu pare a fi dintre cei care trăiesc izolaţi la o fermă. Pare *the city type*.

– Nu, vă spun sincer că, pentru mine, clipa perfectă este aceea când explorezi lumi noi, oameni noi, când ai parte de o întâlnire ca aceasta. Când o femeie frumoasă îţi iese în cale, singură, visând cu ochii spre mare, lăsându-se îmbrăţişată doar de adierea vântului. O nălucă în lumina difuză a unei nopţi albe.

– Mă bucur dacă v-am făcut această impresie, dar imaginea asta e departe de realitate, îi răspund.

– Depinde de cel care priveşte, nu?

– Uneori ne lăsăm purtaţi de clipe efemere, dar viaţa ne arată că lumea asta nu e făcută pentru visători.

– Din vise se nasc dorinţele, iar din dorinţe se naşte realitatea. Eu aşa văd cursul vieţii...

– Da, dar odată cu dorinţele se nasc şi aşteptările, speranţele, care conduc inevitabil la dezamăgiri, iar acestea duc la sfârşitul poveştii...

– Suntem doi oameni, o femeie şi un bărbat. Nu v-am întrebat cum vă cheamă şi nici cu ce vă ocupaţi. Identitatea noastră în societate, eticheta pe care o purtăm zi de zi ne răpesc libertatea cu care ne-am născut.

– E adevărat că eu am hotărât să traversez marea în această noapte şi sunt acum pe un teren neutru, între două ţărmuri, între două lumi. Acum simt că sunt eu, nu mai aparţin nimănui. Să înţeleg că ar trebui să mă las purtată de ceea ce îmi dictează sufletul, şi nu mintea?

– Şi ce vă dictează sufletul?

– Sufletul îmi spune că noi doi am simţit o chimie instant, o atracţie care parcă a venit de la stelele care acum licăresc pe cer. Iată că soarele s-a dus puţin la culcare...

Nu ştiu cine vorbeşte în locul meu. Îmi bate inima cu putere şi încerc să-mi dau seama ce reacţie are străinul din faţa mea. Nu am mai fost aşa de directă cu nici un bărbat până acum. De obicei îmi pun imediat pe faţă masca femeii măritate care trăieşte într-o societate pudibondă. Dar în această seară mă simt descătuşată de lanţuri, ca un fugar care a evadat din închisoare şi soarbe cu nesaţ aerul care îl face să se simtă liber.

– Stelele noastre norocoase, stelele care ne călăuzesc drumul în viaţă, destinul... Eu cred doar în comete. Cele mai frumoase stele, cele care strălucesc cel mai tare în scurta lor viaţă. Trăieşte clipa...

În acest moment, mă uit în ochii lui de un albastru infinit. E ca şi cum m-aş cufunda în apa mării, simt o răcoare plăcută îmbrăţişându-mi trupul. Îi simt mâinile calde atingându-mi obrajii reci şi umezi. Ochii aceia se apropie de mine, parcă hipnotizându-mă. Instinctiv, închid ochii, întredeschid buzele şi îi aştept sărutul.

– *Sis!* Te-am căutat peste tot. Doamne, dârdâi de frig!

Deschid ochii și o văd pe sora mea. Fata aceasta dulce, cu inima mare, care mă însoţeşte în călătorie. Oare ne apropiem de Suedia? Soarele a ascuns stelele. Lumina alb-lăptoasă îmi străpunge irisul. Dar unde a dispărut străinul meu?

– N-ai văzut un bărbat înalt, grizonant, cu ochi albaștri?

– Nu, eşti singură pe punte. E cinci dimineaţa. În curând ajungem în port. Hai să mergem în cabină, să dormi puţin. Eşti epuizată.

Mă las condusă de sora mea. Mă bag în pat cu o senzaţie plăcută, mă simt învăluită de o stare de bine. Adorm și visez că mă dau în leagăn. E leagănul din curtea bunicilor...

Mă trezesc auzind semnalul de sosire în port al vaporului. O nouă zi, o nouă lume de descoperit.

Sora mea e deja în picioare.

– Hei, *sis*, te simţi mai bine?

Zâmbetul ei plin de dragoste mă face să sar din pat, să o iau în braţe și să o sărut drept pe gură.

– Hei, *take it easy*, *sis*!

Îi trimit o bezea și mă închid repede în baie. Aud râsetele surorii mele și bufnitura unei perne aruncate în ușă.

Ies pe punte. În faţa mea este Stockholmul, o splendoare arhitecturală, o operă de artă care așteaptă să fie admirată, comentată, descoperită, îndrăgită.

Ne așezăm la coada la care stau sutele de turiști dornici să coboare de pe vas.

Începem, încet-încet, să înaintăm. Ajungem jos, pe *terra firma,* iar eu răsuflu uşurată.

Mă întorc brusc spre vas, fiindcă am senzaţia că mă priveşte cineva. Mă uit în sus, pe punte, mijind ochii în lumina puternică.

Străinul stă sprijinit cu braţele pe balustradă şi mă fixează cu ochii lui albaştri.

Un elefant se legăna...

E cald. E foarte cald. În aer se simte un miros intens de flori exotice, fructe putrezite și alge marine. Un zgomot puternic, repetitiv îmi inundă auzul. Oceanul Indian își aruncă valurile uriașe peste țărmul ceylonez. Sunt în Colombo, capitala Sri Lankăi, țara pe lângă care trece atât de aproape Ecuatorul. Este Crăciunul și ne-am adunat cu mic, cu mare, zeci de copii, europeni și americani, pe terasa hotelului Galle Face, unul dintre cele mai vechi edificii ale acestui oraș colonial. Plaja lată se întinde în fața noastră, iar soarele începe să apună încet în apele oceanului. Crabi minusculi ies din culcușul lor, făcând plaja să pară o sită cu mii de găuri. Odată cu refluxul, își încep plimbarea cu mersul lor lateral, care pare strâmb, căutând hrana adusă din adâncurile oceanului și lăsată pe nisipul cald.

Copiii se zbenguie, aleargă în toate părțile, încântați că vine Moș Crăciun. Piscina din grădina hotelului este împodobită cu beteală și în fiecare colț al ei tronează câte un „om de zăpadă" în mărime naturală, făcut din vată și poleială argintie. Pe aleea care șerpuiește spre terasa din lemn de tec, cu mobilier artizanal făcut din bambus și ratan, cu scaune mari în formă de scoică și mese încărcate cu fructe exotice, stau aliniate frigidere Coca-Cola cu reclama cu Moș Crăciun care te îmbie să bei băutura rece ca gheaţa. Chelneri îmbrăcaţi în costume de elfi aleargă după copii, servindu-i cu *fish and chips*. Din copaci, ciorile negre, cu ciocul mare și încovoiat, croncăne amenințător: „Încolonaaaaarea! După ei, băieţi". Păsările astea sunt o adevărată pacoste. Se reped spre copiii care ţin cutiuţele cu pește pane și cartofi pai într-o mână și sticlele de cola în cealaltă. Ciorile merg la sigur cu strategia lor de atac. Printre ţipetele alarmate ale celor mici, aterizează fâlfâind tare din aripi peste creștetele copiilor, își înfig ghearele în părul lor ca să-i sperie, făcându-i să-și ducă mâinile în sus, iar în secunda aceea păsările prind ușor toată mâncarea și o iau în zbor. Bineînţeles că toată cola ajunge pe hainele curate și desenează un tablou care l-ar face invidios pe însuși Jackson Pollock. Spre disperarea părinţilor care i-au avertizat pe copii, încă de acasă, că hainele trebuie să rămână curate pentru marea întâlnire cu Moș Crăciun.

Mă uit în sus la cer, să văd dacă, printr-un miracol, va cădea un fulg de nea. În ţara mea, Moș Crăciun vine pe zăpadă, cu sania trasă de reni. Oare aici tot așa va apărea? Cum va ateriza sania? Pe nisip, pe iarbă sau pe apă? Mintea mea de copil pune un milion de întrebări, dar răspunsul nu mi se arată. Și, pentru că nu pot elucida acum acest mister, ca orice copil, îmi scot din minte aceste gânduri şi le schimb cu altele. Atenţia îmi este atrasă de ceea ce se întâmplă dincolo...

Mă uit peste gardul viu al hotelului, format din arbuşti de frangipani, orhidee şi palmieri. Pe faleză, localnicii se plimbă agale, cântând şi dansând, relaxându-se cu cea mai plăcută îndeletnicire a lor: ridicarea zmeului în aer. Zeci de zmeie colorate au fost înălţate în cer. Semne zodiacale, capete de elefanţi sau de maimuţe, curcubeie sau leul de pe stema Sri Lankăi par să creeze pe cer o altă lume, cu personaje a căror viaţă este controlată de mâinile agile ale singhalezilor. În depărtare se aud tobele bătând, marcând începutul sărbătorii Poya Day. Sărbătoarea se ţine de fiecare dată când este lună plină şi are legătură cu Buddha şi cu sosirea lui ancestrală pe aceste meleaguri, iar oraşul este pregătit să întâmpine ziua aceasta cu beculeţe aprinse, cu dansuri tradiţionale şi cu ritualuri pe care noi, europenii, nu prea le înţelegem. Dar cel mai emoţionant eveniment este parada elefanţilor drapaţi în ţesături bătute în pietre strălucitoare.

Când am asistat prima oară la o astfel de paradă, eram în oraşul Kandy, aflat în plină sărbătoare Perehera, şi stăteam între părinţii mei, chiar în faţa procesiunii. Mă uitam fascinată la elefanţii care treceau pe lângă noi, legănându-se de pe un picior pe altul, ţinându-şi trompele în poziţie de salut, cu acoperăminte din mătase brodată cu fir de aur și pietre prețioase și semiprețioase, rubine și safire, ochi de tigru și topaz. Defilau în șir indian, în ordine descrescătoare, după înălțime și rang, primul fiind elefantul-șef. Când acesta a trecut pe lângă mine, capul lui în formă de inimă, cu un acoperământ din care i se vedeau doar ochii, s-a întors spre mine, iar trompa i s-a întins spre părul meu lung și răvășit.

Ochii mi s-au mărit de frică și am încremenit. Parcă îmi turnase cineva ciment în jurul gleznelor. Aproape de fața mea, dintr-odată, a apărut o mână subțire și măslinie, cu mușchii întinși și pielea transpirată. Un băiat localnic, care nu părea mai mare de zece ani, ținea o suliță lungă care avea un vârf ruginit și subțire ca un fir de păr. Mi s-a făcut pielea de găină. Palmele mi-au transpirat brusc, iar în gură am simțit gust de fiere. Băiatul s-a uitat la mine, a rânjit arătând o dantură cu dinți lați și mari și mi-a strigat ceva în singhaleză. Cu o mișcare rapidă, într-o fracțiune de secundă, a împuns elefantul cu sulița, strigând la el, iar masivul animal a ridicat trompa în aer și a scos un strigăt ascuțit care mi-a dat fiori. Băiatul a făcut o tumbă, s-a urcat pe trompa elefantului și i s-a cocoțat pe creștet, exact în mijloc, lăsându-se bătut de urechile elefantului peste picioarele subțiri ca niște bețe. Tălpile lui late erau aspre și albe, contrastând cu pielea aurie, iar părul îi era negru ca smoala în lumina lunii.

Mi-a părut rău de elefant, îmi venea să alerg după el și să-i cer iertare că a fost rănit din cauza mea. Părinții m-au strâns de mână și am rămas, tăcută, între ei. O lacrimă mi-a curs pe obraz în timp ce urmăream elefanții cum se îndepărtau de noi în pas de defilare.

Tobele se auzeau tot mai tare, iar băștinașii îmbrăcați în costume colorate, cu pălării cu ciucuri și clopoței la urechi, dansau îndrăcit. Săreau în aer, rotindu-și capul și făcând ciucurii să se miște într-un ritm amețitor, zâmbeau și dădeau din mâini, cu gesturi rituale care invocau prosperitatea, bunăstarea, sănătatea. Împroșcau gaz cu gura pe torțele pe care le țineau în mâini, ridicând în aer flăcări enorme. După bărbați veneau femeile, îmbrăcate în sariuri cu motive strălucitoare, cu talia goală întrezărindu-se din materialul diafan care le drapa corpul voluptuos. Fața lor radia de liniște și fericire, cu semnul rotund desenat cu henna între sprâncenele groase și arcuite deasupra ochilor negri migdalați, conturați cu creionul negru pentru a-i face să pară mai adânci și misterioși. Părul lor prins în coc era împodobit cu frangipani, iar palmele lor delicate țineau floarea de lotus ca ofrandă adusă zeilor, lăsând adieri înmiresmate de-a lungul străzii. Procesiunea era lungă, iar spectacolul întrecea orice show pe care îl văzusem vreodată la circ. În noapte, sub razele lunii pline, totul părea fantastic. Muzica, ritmul bătut de tobe împreună cu strigătele oamenilor ce se ridicau în aer, animalele acelea mari a căror greutate făcea pământul să se cutremure la fiecare mișcare a lor, mulțimea care aclama și înainta odată cu procesiunea, urmărind-o pe străzile orașului ca într-o transă, toate acestea mi-au rămas întipărite în minte ca niște scene înfricoșătoare, dar în același timp extraordinare, incitante, venind dintr-o lume străveche, a miturilor cu reîncarnări și simboluri ancestrale. Scene imposibil de înțeles, dar care rămân în mintea unui copil pentru totdeauna.

Întorc capul, auzind strigătele care răzbat de la distanță. Mă uit și văd copiii adunându-se ca un roi de albine și fugind spre o formă masivă, care se mișcă greoi în zare. Înaintează pe plajă și se face din ce în ce mai mare. Este un elefant! Călare pe el e... Moș Crăciun.

Mă frec la ochi, crezând că nu văd bine. Unde sunt renii, unde e sania? Eu știu că Moș Crăciun trăiește în ținuturile reci, printre munți plini de zăpadă și ghețari. Acesta poartă un costum roșu simplu, dintr-un material foarte subțire, fără blăniță albă la guler și la manșete. Are barbă și mustață albă, dar este slab! Nu seamănă deloc cu Moș Gerilă al meu, cel din România. Poate că s-a schimbat special pentru țările calde? Poate că drumul până aici l-a istovit foarte tare și de aceea a slăbit? Mintea mea febrilă încearcă să meargă pe firul logic, dar, dacă până acum am găsit răspunsuri plauzibile la câteva dintre întrebări, cum să rezolv problema dispariției renilor și a apariției elefantului?

– Ho, ho, ho, aud sosia lui Moș Crăciun strigând de pe creștetul elefantului.

„Ho, ho, ho, îmi vine să râd când te văd“, gândesc cu ciudă, uitându-mă cu mare neîncredere la el.

Rămân pe loc și aștept să vină mai aproape, spre deosebire de ceilalţi copii, care râd și dansează în jurul lui.

– Moș Crăciun, mie ce mi-ai adus? Am fost cuminte, zău c-am fost, strigă toţi ca niște apucaţi.

Mă uit în continuare la acest spectacol și mă gândesc dacă chiar așa arată Moș Crăciun. Oare greșesc? Dar cum a fost cu cel pe care l-am demascat acum câţiva ani, când a venit în vizită la copiii diplomaţilor din minister? Nici acela nu era adevăratul Moș Crăciun.

Stăteam aliniaţi, cuminţi, așteptând să ne cheme Moșul ca să ne dea cadoul. Trebuia să-i recităm o poezie și să-i spunem cât de mult ne iubim părinţii, dacă am fost cuminţi și dacă am luat note mari la școală. Dar eu am fost foarte atentă la Moș Crăciun, la felul în care era îmbrăcat, la mâinile lui, la statură și la glas. Avea o voce care semăna cu cea a lui nenea Florentin, „tovarășul Popescu“, cum îi mai spunea tata pe un ton glumeţ. Era foarte *funny* nenea Florentin, așa că eu mă bucuram tare mult când venea în vizită la noi. De data aceea l-am studiat cu atenţie și, când mi-a venit rândul să mă urc pe genunchii lui, i-am spus direct: „Nenea Florentin, mie ce mi-ai cumpărat?“. Desigur, dacă nu era Moș Crăciun cel adevărat, care venea cu jucăriile construite în ţara lui de către pitici, atunci sigur Moșul cel fals trebuia să le fi cumpărat de la magazin. Logic, nu?

Îmi aud numele strigat. Tresar și revin cu picioarele pe pământ. Mă aflu în fața unui alt Moș Crăciun, care de data asta a venit călare pe elefant. Oare există mai mulți Moși, fac cu schimbul, cumva? E clar că acesta e serviciul lor. Poate e același sistem ca la oțelărie, unde lucrează bunicul ca maistru strungar. Schimbul unu, schimbul doi și schimbul trei...

– *Hello, Daniela. Have you been a good girl?*

„Hm, probabil că da, dacă nu punem la socoteală ziua când m-au certat părinții că nu mi-am făcut temele. Sau când m-am cățărat în cocotier după nuci de cocos și am căzut... sau când m-au prins că citeam noaptea sub cearșaf, luminând paginile cu lanterna... sau când am adus în camera mea crabi și i-am ascuns sub pernă și a doua zi m-am trezit ciupită de nas... sau când am vrut să-mi pictez fața ca indiencele și am folosit carioca... și a mai fost și pățania cu maimuța care mi-a furat de la gât cruciulița din aur... Nu știu ce să-i răspund acestui domn."

Nu strică totuși să văd ce cadou mi-a adus, măcar din curiozitate să văd ce gusturi are acest Moș exotic, și îi răspund că am fost relativ cuminte.

Moș Crăciun îmi întinde zâmbind o pungă verde prinsă la mânere cu o fundă mare și roșie. Îi mulțumesc frumos și mă retrag printre copiii care își primiseră deja cadourile. Mă uit în jur, trăgând cu ochiul la ce au primit ceilalți. Păpuși Barbie, skateboard-uri, mănuși de baseball, bomboane, ciocolată, albume de colorat, coroniţe, truse de machiat şi costumat păpuşile Barbie, case şi maşini pentru Barbie şi Ken...

Îmi desfac cu sfială cadoul. În punga verde găsesc o ciocolată Toblerone mare şi ultimul număr al revistei *Aventurile lui Tintin*. Mai e şi un pandantiv cu un elefant în miniatură, sculptat într-o piatră de jad verde. Trompa stă ridicată în semn de salut, un simbol al bunăstării şi fericirii la budişti.

Pentru prima oară în ziua aceasta, zâmbesc. Sunt fericită. Am primit exact ce îmi doream. Cum de-a ştiut? Mă uit la Moş Crăciun şi exact atunci îşi ridică şi el privirea de la copilul care îi recită poezia. Toată faţa i se luminează într-un zâmbet şi dintr-odată îmi face cu ochiul!

Visul unei nopți de iarnă

„Cade ajonuuuuul, cade ajonuuuuul! Mamiiiii, cade ajonuuuuul!"

Mă trezesc brusc și mă ridic în capul oaselor. Perna e udă de transpirație, iar inima îmi bate cu putere. Respir greu și îmi simt gura uscată. Mă uit în jur și nu văd nimic. E o beznă totală. Întind mâna, căutând întrerupătorul veiozei. În camera mea mică este foarte cald. Eu sunt de vină, am dat termostatul la maximum. Numai ideea că sunt în Laponia mă face să-mi fie frig. Sunt născută în luna ianuarie, ar trebui să-mi placă iarna! Dar nu, nici pomeneală. Și totuși, am ales ca în acest an să îmi sărbătoresc ziua de naștere aproape de Polul Nord. Nu știu de ce. Poate că are legătură cu faptul că împlinesc patruzeci de ani și, cum se spune, schimb prefixul. Poate că așa a considerat subconștientul meu că poate opri trecerea timpului, printr-un frig extrem, o înghețare simbolică.

Aprind veioza de la capul patului. În colțul camerei, aruncat pe fotoliu, este costumul termoizolant pe care l-am primit la recepţia hotelului, când am sosit împreună cu grupul de prieteni. Echipamentul conţine, în afară de costum, o pereche de mănuşi din piele de focă, ciorapi groşi din lână, cizme îmblănite cu talpă zimţată şi un unguent făcut dintr-o grăsime animală, ceva destul de scârbos. Unguentul e pentru buze, ca să nu crape la cele -30 de grade Celsius anunţate pentru această perioadă a anului.

Când ne-am luat camerele în primire, am observat că fiecare era dotată cu o mică saună. Trebuie să te dezmorţeşti după ce stai ceva timp afară. Corpul trebuie readus la temperatura normală şi cel mai bun lucru pe care-l poţi face este să stai în saună, să simţi cum, uşor-uşor, frigul îţi iese din oase. Cel puţin, tenul meu va căpăta o strălucire aparte. Mă consolez cu acest gând şi mă uit la obrajii mei îmbujoraţi în oglinda care stă atârnată pe perete, chiar în dreptul patului. Încerc să fac abstracţie de oglinda din tavan. Destul de *kinky* finlandezii ăştia. Probabil că vorba aceea cum că iarna se fac copiii... e adevărată.

Încerc să mă uit cât e ceasul pe telefon. Acesta nu dă semne că s-a dezmorţit. Cadranul telefonului meu Nokia a îngheţat, a făcut abur pe dinăuntru, iar aparatul a... amuţit. Mă aşteptam să funcţioneze telefonul acesta, având în vedere că l-am adus înapoi în ţara care-l produce. Finlandezii ăştia, ce ciudaţi. Să nu facă ei un telefon rezistent la temperaturile joase... Mă întreb oare ce fel de telefoane folosesc ei. Le îmbracă şi pe ele în mini-costume termoizolante? Îmi vine să zâmbesc la gândul unor telefoane Nokia cu blăniță multicoloră, cu urechiușe de urs sau de husky. Să nu le dăm idei, totuși...

Mă îndrept spre geam, călcând ușor pe covorul gros. Desfac draperia și mă uit afară. Alb. Alb și iar alb. Deși cerul este negru, albul zăpezii îmi dă senzația că afară e ziuă. Ce straniu e totul! Mai puțin pentru prietenii mei, care, ajunși la hotel, s-au oprit prima dată la bar, ca să înceapă „cura" cu vodcă. Cică așa te încălzești aici. *The old fashioned way.* Și acolo au rămas, la barul cu ferestrele înghețate, prin care se întrezăreau sticlele de vodcă aliniate ca niște soldați gata să-și dea viața pentru patrie.

Mie nu-mi plac băuturile tari, așa că... ghinionul meu. Trebuie să găsesc o altă modalitate de a mă-ncălzi. În prima zi, când am aterizat pe aeroportul din Helsinki, așteptând cursa internă care ne ducea la Kittilä, micul oraș-resort din Laponia, am intrat într-un restaurant și am comandat o supă-cremă de somon. Nu cred că am mâncat vreodată ceva mai bun ca acea supă cu bucăți de somon gras și legume. Și mai interesant este faptul că am simțit că m-am săturat și că m-a cuprins o căldură de-mi venea să-mi scot cele trei pulovere cu care mă îmbrăcasem.

Mă sprijin de pervazul rece al geamului. Privesc brazii înalți, încărcați de zăpadă, mă uit în sus spre muntele a cărui pârtie e luminată mai bine decât o pistă de avioane și văd urme de pași în zăpada mare și afânată. Sunt două feluri de urme. Cele de om și cele de animal. Aici suntem înconjurați de animale. De fapt, omul nu ar supraviețui aici fără aceste animale. Câinii husky și renii. Și unii, și alții sunt folosiți să tragă săniile, iar cei din urmă, din păcate, ajung și în tuciurile mari, atârnate deasupra focurilor aprinse pe zăpadă. Oamenii se servesc cu polonicul din tocana groasă, plină cu bucăți de carne de ren cu gust greoi, cu o textură densă și plină de grăsime.

Prima oară când am ajuns în apropierea unui ren am stat câteva minute locului, fermecată de frumusețea acestui animal. Are un aer aparte, regal, maiestuos, cu coarnele înalte, desenate parcă după frunzele de arțar. Capul lui cu ochii mari, blânzi, înconjurați de gene lungi și groase, cu botul catifelat și cald, m-a făcut să îndrăgesc acest animal, un adevărat supraviețuitor în ținuturile de gheață. Cu picioare puternice și copite mari, stătea liniștit în zăpadă, băgându-și din când în când botul în ea și spulberând-o cu un fornăit scurt și zgomotos. În depărtare, opt câini husky erau înșiruiți, doi câte doi, asemenea unor copii aliniați de profesor la școală. Adulmecau mirosurile din aer și scoteau sunete care îmi zbârleau părul de pe ceafă. Câinii husky au un lătrat aparte. Șeful de turmă dă semnalul când sania trebuie trasă și acest sunet este atât de pătrunzător, cu un ecou teribil ce se propagă în liniștea zăpezii, încât mi-am acoperit urechile cu palmele, fiindcă mi s-a părut a fi strigătul unui animal care își dă sufletul. Apoi și ceilalți câini i s-au alăturat, cântând o simfonie care se potrivea perfect cu atmosfera înghețată.

Mă uit atentă la ceea ce se întâmplă afară. Cerul pare să danseze și își schimbă culoarea. Presimt că voi asista la ceva nemaipomenit. Mi se luminează fața și vocea îmi explodează: „Aurora boreală!". Cred că asta se întâmplă acum! E ceva unic, rarisim! Sunt o mare norocoasă dacă pot prinde acest spectacol al cerului.

Fără să mai stau pe gânduri, din doi pași ajung la costumul de schi și încep să pun pe mine straturile de haine. Ciorapi lungi, groși, șosete de lână pe care le trag până la genunchi, tricou cu mânecă lungă, pulover strâmt pe corp din mohair, pulover gros din lână, apoi o vestă antifrig. Mă îndrept greoi spre costumul termoizolant. Ridicând cu greu câte un picior, îmi pun încet costumul, simțind cum mă trec toate transpirațiile. Îmi trag fermoarul până sus, deasupra bărbiei, îmi înfășor un fular lung în jurul gâtului și îmi pun cizmele îmblănite la care trebuie să atașez mini-schiurile cu care voi merge mai ușor prin troienele de zăpadă.

Sistemul de prindere este exact ca la schiurile normale, numai că după ce le-am pus am un mers ca de rață. Mini-schiurile sunt scurte și foarte late. Trebuie să fiu atentă să nu cad, mi-e teamă că n-am să mă mai pot ridica... Trebuie să-mi coordonez perfect mișcările picioarelor cu ale mâinilor, pentru a-mi menține echilibrul. Mă gândesc cât de greu le este eschimoşilor să meargă pe mini-schiuri, apoi scot un chicotit, căci şi ei se gândesc, cu siguranţă, cât de greu le este femeilor să umble cocoţate pe tocurile pantofilor *stiletto*. Până la urmă, fiecare cum s-a învăţat!

Trec de salonul cu uşile masive din lemn care dau spre camerele prietenilor mei. Nu se aude nici un sunet. E aproape șase dimineaţa. Oare au abandonat lupta cu vodca? Oamenii ăştia sunt de cursă lungă. Pun pariu că tot la bar îi găsesc. Totuşi, nu vreau să-mi fac apariţia. N-am chef să înceapă să mă tachineze şi să mă strige „Regina gheţii". Vreau să mă bucur de spectacolul cerului în singurătate. Gândesc egoist, știu, dar ceva îmi spune că nici unul dintre ei nu ar aprecia așa cum se cuvine magnifica priveliște a aurorei. Pornesc cu greu prin zăpadă spre valea de la poalele muntelui. O liniște totală mă învăluie, doar scârţâitul zăpezii se aude sub mini-schiuri, iar când privesc în jos, văd cristalele îngheţate strălucind într-o multitudine de culori, de parcă aş călca pe o întindere presărată cu diamante. Ridic privirea spre vârfurile brazilor care foşnesc uşor şi mai sus, spre cerul care dansează asemenea unei cadâne învăluite în falduri diafane și colorate. Privesc în sus, deși genele mi se lipesc una de alta, făcând mici ţurţuri pe care încerc să-i sparg frecându-mă la ochi cu mănușile din piele de focă. Încep să dârdâi. Degetele mari de la picioare mi-au amorţit deja. Mă ustură buzele. Îmi clănţăne dinţii şi mă dor. Încerc să nu trag aer în piept ca să nu răcesc, dar nările mele, la fiecare respiraţie, se usucă şi se lipesc. În acelaşi timp, îmi curge din nas o secreţie lichidă, care se solidifică imediat şi îmi dă o senzaţie neplăcută de gheaţă care usturā la fiecare atingere. Ştiţi gheaţa măruntă, cu aspect de ace fine translucide, care se formează în jurul sertarelor din congelator? Aşa arată acum faţa mea. Vapori groşi de aer cald îmi ies din gură, iar eu încerc să-mi ţin capul cât mai jos, acoperindu-l cu gluga îmblănită. Înaintez plină de tenacitate. Nu trebuie să mă dau bătută. Deşi mintea mea este fixată pe ideea că îmi este foarte frig, nu trebuie să ratez minunea care se întâmplă acum.

După câteva minute de mers care mi se par o veşnicie, ajung în vale. Acolo, cerul se întinde în imensitatea lui. Muntele se profilează pe el, acoperit de mantia sa albă. Deasupra muntelui, o explozie de culoare verzuie, care se transformă în albastru, roşu, argintiu şi iar în verde, se revarsă pe cer, apoi se retrage uşor. Am senzaţia ciudată că văd un ocean la flux şi reflux, dar într-o lume răsturnată.

Zăpada de pe munte a căpătat şi ea aceste culori stranii, sclipind ca luminile stroboscopice într-o discotecă. Da, asta este! Parcă aud şi muzică! E o adevărată simfonie...

Cu privirea fixată pe cer, văd ceva mişcându-se. O luminiţă roşie intermitentă. Un avion îşi face drumul spre... nu se ştie unde. Mă gândesc dacă pasagerii lui dorm acum, trecând fără să știe pe lângă acest fenomen de o frumusețe supranaturală.

„Cade ajonuuul, mami, cade ajonuuuul!" Dintr-odată, îmi aduc aminte ce m-a trezit din somn mai devreme. Strigătele din vis erau țipetele mele de spaimă, la prima călătorie cu avionul din viața mea. Eram mică, aveam trei ani atunci. Eram cu mama și făceam o călătorie lungă, din România spre Indonezia. Tatăl meu se afla acolo, în prima lui misiune diplomatică. Era în anul 1973 și singurele locuri familiare pentru mine erau casa și curtea bunicii mele de la Târgoviște. Când avionul s-a înălțat în aer și a străpuns norii, am început să plâng și așa am ținut-o până la destinație. Nu-mi cunoșteam tatăl. Plecase când eu aveam un an. Nu știam de ce mama mă luase de lângă bunica și mă băgase în burta acestei păsări mari care făcea un zgomot uluitor. Nu înțelegeam de ce mă dureau urechile, de ce nici unul dintre oamenii aceia care stăteau pe scaune nu deschidea geamul sau ușa, ca să intre aerul curat și soarele. Niște femei îmbrăcate în costume albastre, cu pălării pe cap, au încercat să glumească cu mine, mi-au dat creioane și cărți de colorat, jucării și o băutură colorată care mi-a gâdilat gâtlejul și m-a făcut să strănut. Gustam pentru prima oară o Coca-Cola... Dar eu eram cu ochii ațintiți pe geamurile mici și rotunde. Vedeam pentru prima oară cerul așa cum nu-l mai văzusem niciodată. Voiam să ating norii, dar îmi era frică să nu cad. Oare norii sunt ca vata de zahăr pe băţ? Au gust dulce? Văd soarele... e aşa de aproape...

După douăzeci şi patru ore de zbor, plânsă şi obosită, cu ochii roşii şi umflaţi, cu bărbia tremurându-mi încă de suspine şi sughiţuri, stau în braţele mamei mele ţinând-o strâns de gât. Pielea de după ureche îi miroase a parfum şi asta mă linişteşte.

O aud pe mama spunând, cu o voce fericită:

– Uite, Dana, cine te aşteaptă...

Mă uit printre gene şi mă trece un fior de plăcere. Un urs mare, cât mine de mare, maro cu trei floricele colorate în vârful capului, stă în braţele unui bărbat înalt, îmbrăcat în cămaşă înflorată. Bărbatul zâmbeşte larg spre mine şi îngenunchează cu ursul în braţe.

Mă duc încet spre el:

– Nenea, îmi dai mie ursul ăsta?

Rătăcind pe străzile Parisului

Cine nu şi-ar dori să viziteze Parisul? Îmi imaginez că fiecare fată a visat cu ochii deschişi la Oraşul Iubirii, ţinând la piept un roman de Balzac. Tot ce-am văzut în filme şi am citit în cărţi despre acest oraş a avut întotdeauna un efect de fascinaţie asupra mea, dar l-am descoperit pentru prima oară după ce am împlinit treizeci de ani. La şcoală, când a trebuit să aleg a doua limbă străină, fără prea mari ezitări, am ales franceza. Îmi place tot ceea ce înseamnă Franţa, de la muzică la filme, de la istorie până la arhitectura magnifică, de la felurile de mâncare delicioase prezentate ca nişte sculpturi în miniatură pe farfuriile albe până la vinurile vestite în toată lumea. Şi mai e, bineînţeles, moda. Nu există croieli mai rafinate ca ale hainelor create de marile case de modă franţuzeşti şi purtate de parizience. Iar atitudinea cu care sunt purtate aceste haine… *oh là là!*

În biblioteca mea tronează la loc de cinste biografia lui Coco Chanel, iar povestea vieţii ei m-a făcut să înţeleg cum e să fii femeie şi cât de importantă este imaginea noastră în societate. Personalitatea lui Coco

Chanel m-a inspirat în alegerile mele, atunci când a sosit momentul să-mi fac un nume. Acţiunile şi felul ei de a vedea viaţa m-au făcut să-mi doresc să nu fiu banală, să nu trăiesc în anonimat. De multe ori m-au determinat să iau fiecare încercare a vieţii ca pe o provocare şi să-mi urmez pasiunile.

Parisul este un oraş cu o semnificaţie aparte pentru mine, simt că trebuie să-l cuceresc pentru a-mi dovedi că sunt o femeie în adevăratul sens al cuvântului. Aşa cum spunea Napoleon Bonaparte, „imaginaţia guvernează lumea... *Imposibil* este un cuvânt care se află doar în dicţionarul proştilor". Îmi doresc din răsputeri să trăiesc o poveste pariziană.

Şi, pentru că Universul uneori îndeplineşte pe neaşteptate dorinţele arzătoare, deschid într-o zi adresa de e-mail şi aud sunetul inconfundabil al unui mesaj care a intrat în inbox. Dau clic pe el, chiar dacă nu recunosc numele celei care a trimis e-mailul. Încep să citesc şi un zâmbet larg îmi luminează faţa. Nu-mi vine să cred ce citesc! Am primit o invitaţie la petrecerea anuală organizată de o celebră firmă de lenjerie intimă franţuzească. Este un Grand Bal care se ţine de Valentine's Day şi la care invitată specială este actriţa Arielle Dombasle. Acea Arielle Dombasle despre care se spune că este un simbol al Parisului mai celebru decât Turnul Eiffel! Femeia cu cea mai îngustă talie din Franţa, *la femme fatale*, blonda cu ochi albaştri care a făcut nenumăraţi bărbaţi să se îndrăgostească de ea.

Nu-mi vine să cred! Încep să țopăi de bucurie prin casă, cu mintea alergând în toate direcțiile. Ce trebuie să iau la mine, câte ținute, la ce petreceri voi participa, pe cine voi întâlni, cum e vremea la Paris în februarie, cât de *chic* trebuie să fiu ca să mă încadrez în stilul *Parisian chic*...

Tremur de emoție, așa că pun mâna pe telefon și o sun pe mama mea, o femeie umblată prin toată lumea și cu un simț al eleganței inegalabil. Îi povestesc agitată despre invitație, iar mama, cu vocea ei liniștită, mă mai calmează un pic. Îmi dau seama că trebuie să mă organizez, dar uit ce este mai important. Le scriu un e-mail de mulțumire celor de la companie și le confirm prezența. Răspunsul lor vine în câteva minute. „*Madame, s'il vous plaît, quelles sont vos fleurs préférées?*" La Hôtel du Louvre, unde voi fi cazată, voi fi întâmpinată cu un buchet de flori.

Dau o căutare pe Google și aflu că Hôtel du Louvre a fost construit în anul 1855 la cererea lui Napoleon al III-lea, că este un hotel de referință al Parisului, situat în fața Luvrului, pe marele bulevard Avenue de l'Opéra, și că este locul care l-a inspirat pe Sir Arthur Conan Doyle ca fiind perfect pentru un sejur al faimosului său personaj Sherlock Holmes!

Încep din nou să dansez prin casă, cântând *La Vie en rose*, rotindu-mă ca o balerină pe vârfuri, strângându-mi la piept cățelușul, un Shih Tzu alb cu pete negre, spre marea lui disperare.

După îndelungi frământări, haine aruncate în bagaj, apoi scoase și înlocuite cu altele și altele, sosește ziua cea mare când mă îmbarc într-un avion al companiei Air France, la business class. Paris… sosesc!

Port un *deux-pièces* roz-pal cu bordură din fir auriu, *à la* Chanel, la care am asortat pantofi de nuanța bronzului și un *clutch* din piele lăcuită. Mi-am completat ținuta cu o pălărie în formă de clopot și un colier din perle roz-sidefat de la noul brand franțuzesc de accesorii care tocmai s-a lansat în România, Meli Melo. Micul *trolley* pe care îl trag după mine saltă vioi pe coridoarele lungi, forfotind de oameni, ale aeroportului Charles de Gaulle. La ghișeul de control al pașapoartelor, bărbatul care îmi dă înapoi pașaportul face un gest curtenitor. Francezii nu renunță la manierele lor nici când e vorba de treburi serioase.

– *Bienvenue en France, Madame!*

Afară mă așteaptă un șofer îmbrăcat în costum, care îmi deschide portiera mașinii. De fapt, e o limuzină de lux. Mă tolănesc pe canapeaua din piele și trag aer adânc în piept. Așadar, acesta e mirosul bogăției, al luxului! Mă simt ca o adolescentă răsfățată, aflată la prima ei sesiune de cumpărături. În portiera laterală a ușii descopăr frapiera cu șampanie la gheață, iar lângă ea, o cutie cu trufe din ciocolată. Deși mi-am conturat atent buzele cu un ruj Chanel roșu-aprins, în cabina mică de toaletă a avionului, nu pot rezista la bomboane și la șampanie rece, așa că mă servesc din ele, zâmbind satisfăcută. Bine a spus Balzac: „Marile povești de dragoste încep cu șampanie". Mă uit prin geamul fumuriu al limuzinei la bulevardele largi, străjuite de arbori seculari, la clădirile impresionante. Încep să plâng de emoție că văd Parisul! Parisul la care am visat atâta timp. Încerc să-mi revin. „Dana, ești femeie matură, ce naiba!"

Trecem printr-o intersecție unde, pe un colț de trotuar, văd un carusel cu căluți colorați învârtindu-se pe muzica veselă, franțuzească, iar pe spatele lor copii care strigă încântați. În fața lui, un cuplu de miri își face poze având pe fundal Turnul Eiffel. Fluviul Sena șerpuiește maiestuos de-a lungul orașului. Peste el se arcuiesc poduri din piatră, cu felinare aurii și statuete care se uită impasibil la trecătorii care fac poze. Trotuarele de pe malul râului sunt ticsite de vânzători ambulanți, artiști, pictori și muzicieni. Mașina trece încet prin Place de la Concorde, lăsându-mi timp să admir Roata Mare care stă impozantă la porțile celebrei Jardin des Tuileries. Piramida din sticlă din fața Luvrului atrage razele soarelui și inundă toată piața într-o lumină ireală.

Iată-mă ajunsă la hotel. Un portar de culoare, îmbrăcat în livrea roșie cu epoleți aurii, îmi deschide ușa. Asemenea doamnelor sofisticate, scot un singur picior, mă sprijin puțin pe el, apoi ies delicat din mașină, încercând să nu mă dezechilibrez pe pavajul străzii, făcut din pietre mici tăiate în forme pătrate. Trec prin ușile rotative, grele, care duc în foaierul hotelului. Mi se pare că am fost aruncată într-un alt secol. Rotesc privirea de jur-împrejur și cuprind totul, ținându-mi respirația de emoție: mobilă stil din lemn sculptat, cu mânere arcuite străjuite cu capete de leu, îmbrăcată în catifea de culoare *burgundy*, covoare groase cu ciucuri mari, recepția acoperită de ornamente aurii, vase înalte din porțelan cu picturi elaborate și flori exotice, uși înalte din vitraliu care conduc spre bar. Miroase a *croissant* și *café au lait*. Portarul îmi ia bagajele și mă conduce spre cameră. Bineînțeles că liftul este vintage, din grilaj de fier, cu uși din lemn lăcuit. Urcăm încet și am timp să admir fiecare etaj zărit prin grilajul liftului, de o eleganță aparte. Deschid ușa camerei cu o cheie lungă, aurie. Intru în cameră și observ un tablou fascinant: un pat cu baldachin cu draperii din catifea verde și ciucuri aurii, cu o cuvertură din mătase brodată cu fir aurit, ferestre înalte cu tocuri din lemn masiv care dau spre bulevard, o glastră din cristal cu florile mele preferate așezată la geam pe o poliță din marmură roz. Camera are o baie cu pereții acoperiți de tapet cu flori de lavandă, cu cadă și chiuvetă în stil retro și o oglindă mare încadrată de o ramă aurie șlefuită manual, cu aspect vintage. Mirosul florilor se simte discret în tot apartamentul, iar soarele pătrunde prin fereastră, mângâind trandafirii roșii.

Am o stare de euforie, mă simt de parcă plutesc în aer, sunt nerăbdătoare să ajung pe străzile Parisului, așa că îmi arunc geamantanul pe bancheta din hol, îmi scot pantofii cu toc și ciorapii fini cu bandă adezivă din dantelă... Se vede treaba că am intrat serios în rolul unei parizience boeme; mă schimb într-o ținută sport *casual* și îmi trag pe mine blugii *slim fit*, apoi îmbrac o cămașă albă cu mânecile suflecate până la cot căreia îi deschid doi nasturi mici, perlați, lăsând puțin la iveală dantela fină a sutienului. Mă încalț cu pantofi sport și îmi iau pe umăr geanta vintage, un Chanel 2.55 original. Pentru că am ajuns pentru prima oară la Paris în luna februarie, în cinstea primului model de geantă creat de însăși Coco Chanel, în februarie 1955 (de aici vine 2.55), această geantă este cea mai mare investiție a mea și o port cu dragoste și venerație pentru Coco, femeia care rămâne un *fashion icon* etern și muza mea.

Pășesc pe trotuarul din fața hotelului și deja mă opresc, uitându-mă în jurul meu, ușor amețită de lumina soarelui, de zgomotul mașinilor și al pietonilor. O mulțime de cuvinte în limbi străine îmi inundă auzul, iar strada pare desprinsă dintr-o adevărată *parade de mode et du monde*. Acum știu de ce francezii au acest renume în lumea modei. *Parole d'honneur* că și-l merită! Mă îmbie cafenelele deschise, cu mesele așezate pe trotuar, având câte două scaune amplasate nu unul în fața celuilalt, ci unul lângă altul, ca la teatru. Păi, cum să nu te bucuri de Paris? Nu e de *bon ton* să îl tratezi cu... spatele. Mă așez discret la una dintre mese și comand *„un café au lait avec un croissant"*. Ce importantă mă simt spunând aceste cuvinte simple! Chelnerul se înclină în fața mea, zicând: *„Madame, je reviens tout de suite"*.

Mă las pe spătarul scaunului și contemplu lumea din jurul meu. Prin fața mea se perindă oameni într-o explozie de culoare, imprimeuri și design, de la croiala hainelor la pantofi, genți și bijuterii. Doamne elegante trec pe lângă mine, cu ochelari mari de soare, fardate discret, cu sacoșe de brand: YSL, Chanel, Printemps, Lafayette...

Termin repede cafeaua, plătesc lăsând „un peu d'argent" pentru chelner și plec la plimbare. Ajung pe Rue de Rivoli și iau la rând toate magazinele de suveniruri. Intru în Grădinile Tuileries și mă așez pe unul dintre scaunele din fier amplasate în jurul fântânii. Rămân acolo mult timp, cu ochii ațintiți spre rațele care se bălăcesc în apă, spre porumbeii care vin, curioși să vadă dacă le dau ceva firimituri de ciugulit. Francezii sunt discreți. Se uită spre mine o fracțiune de secundă, apoi trec mai departe. Mare diferență față de greci și de italieni, care nu mai contenesc cu aprecierile verbale zgomotoase la adresa frumuseții unei femei.

În fața mea se desfășoară cel mai frumos bulevard din lume, cu copaci care lasă impresia că se unesc, creând un acoperiș cu formă paralelipipedică. Champs-Élysées! Frapată de maiestuozitatea bulevardului încadrat de trotuare late, cu clădiri epocale ale căror ferestre înalte sclipesc în bătaia soarelui, încep să fredonez încet un cântec al lui Joe Dassin:

Aux Champs-Élysées, aux Champs-Élysées
Au soleil, sous la pluie, à midi ou à minuit
Il y a tout ce que vous voulez
Aux Champs-Élysées.

În zare se vede Arcul de Triumf, stând semeţ în calea maşinilor care îl ocolesc într-un du-te-vino permanent. Merg la pas, uitându-mă când în stânga, când în dreapta, la magazinele cu vitrine amenajate ca un muzeu de artă şi la restaurantele care te îmbie cu meniurile lor apetisante. Mă opresc la un moment dat în faţa unui magazin, un colos pe care scrie, cu litere de-o şchioapă, Virgin Records. La intrare stau bodyguarzi îmbrăcaţi în costume negre, cu walkie-talkie şi căşti la urechi. Intru din curiozitate şi mă trezesc deodată pe planeta muzicii de pretutindeni. Este extraordinară atmosfera acestei biblioteci cu muzică de toate genurile, prezentată după ani, formaţii, stiluri de muzică, istorie. Pentru că sunt pasionată de muzica anilor '70-'80, mă îndrept spre un adevărat altar creat pentru trupa ABBA. Mă apropii de afişele imense cu idolii mei din copilărie. Aceste afişe, cu care odată îmi tapetasem pereţii camerei, îmi dau senzaţia că timpul a trecut într-o clipă. Degetele îmi alunecă încet pe hârtia lucioasă a discurilor din vinil, aliniate cronologic după data apariţiei lor pe piaţa muzicală. Caut din priviri coperta unui disc anume şi mintea mea face un salt înapoi în timp...

Eram în Sri Lanka, aveam unsprezece ani şi mă aflam în camerele oficiale ale Ambasadei Române la Colombo. Tatăl meu stătea închis în biroul lui, unde nu aveam voie să intrăm decât cu aprobarea lui expresă. Mama se agita în bucătărie, cu servitorii. Încerca să-i înveţe să gătească sarmale. Se apropia Ziua Naţională a României şi Ambasada organiza o recepţie pentru Corpul Diplomatic.

Era mare tristeţe în jur, fiindcă tata, în miez de noapte, primise un telefon de la autorităţile locale prin care i se adusese la cunoştinţă că un vas românesc ce acostase în largul Oceanului Indian, în ape teritoriale, cu un cargo comercial ce trebuia să ajungă în China, luase foc, iar unul dintre marinari murise în incendiu. Tata se ocupa de toate actele necesare pentru a trimite corpul neînsufleţit în România. Când a venit acasă, a adus cu el geamantanul marinarului, plin cu hainele personale ale acestuia, trusa de bărbierit, reviste, cărţi şi alte obiecte. Mama a trebuit să facă un inventar al acestora, iar tata a sigilat sicriul din plumb cu ceară topită peste care a apăsat ştampila cu sigiliul oficial al României. Eu stăteam într-un colţ al camerei, tăcută şi măcinată de o curiozitate morbidă să văd ce se mai află în acel geamantan care era înnegrit la colţuri şi mirosea a ars. Îi auzisem pe părinţii mei şuşotind în camera lor, fiindcă aveam prostul obicei de a mă scula tiptil din pat şi de a trage cu urechea la uşa lor. Aşa am auzit cum tata se plângea de situaţia tristă în care el trebuia să se lupte cu birocraţia, având ordine clare din ţară să trimită sicriul sigilat cu primul avion acasă. Problema era că, deşi reuşise să facă actele necesare transportului, la aeroport, atunci când sicriul a fost adus la avion, pasagerii au protestat şi au refuzat să decoleze având un om mort la bord. Aşa a ajuns din nou geamantanul la noi în casă. Profitând de neatenţia părinţilor mei, m-am aplecat deasupra lui şi am desfăcut uşor închizătorile metalice. Hainele erau aranjate frumos de mama mea. Sub ele se afla un disc cu noul album ABBA. O voce din mintea mea mă îndemna să-l fur din geamantan şi să-l ascund în camera mea. Jinduiam atât de tare la acel disc şi am stat câteva minute bune ţinându-l în braţe, admirând poza cu cei patru membri ai formaţiei. Până la urmă, cu un oftat, l-am pus la loc sub haine şi am închis capacul geamantanului.

Deschid ochii și caut din nou cu privirea coperta discului. Uite-o, e aici. Sub forma copertei unui CD. Îl iau și mă duc repede spre casierie. Acum... în sfârșit, m-am liniștit. Durerea din sufletul meu de copil a dispărut.

Ținând punga cu CD-ul ABBA strâns în mână, îmi continui plimbarea pe cel mai faimos bulevard din lume. Trec de magazine cu haine, pantofi și parfumuri şi mă opresc în faţa magazinului Disney World. Trebuie să-i iau fiicei mele un cadou şi ştiu sigur că i-ar plăcea o jucărie din pluş, unul dintre personajele lui Walt Disney. În căutarea cadoului perfect, trec pe lângă raionul cu păpuşile Barbie. Nu ştiu ce e cu mine, dar probabil că, de la atâta emoţie, îmi vin în minte amintiri triste din copilăria mea. Personal, o detest pe Barbie. Este păpuşa care nu mi s-a oferit niciodată atunci când mi-am dorit-o şi de la care s-au iscat multe certuri între mine şi o fetiţă, culmea, franţuzoaică. La şcoală, toate fetiţele veneau cu câte o păpuşă. A mea era din cele fabricate în România, cu capul mare şi ochi care clipeau nefiresc, cu părul sintetic şi lucios, cu membre care se mişcau în sus şi în jos, făcută dintr-un material rigid, din plastic. Păpuşa mea avea o singură rochie, a cărei croială era perfectă pentru o octogenară. Spre deosebire de păpuşa Barbie, care era modernă, îmbrăcată în haine *cool* pe care i le puteai schimba de câteva ori pe zi şi ale cărei picioare şi mâini se îndoiau uşor, ca o gumă. Am suferit foarte tare că nu am avut o Barbie şi că prietena mea franţuzoaică nu mi-o împrumuta pe a ei.

După mulţi ani, am dat din nou peste o păpuşă Barbie care nu era pentru mine. I se îndeplinea dorinţa unei alte fetiţe, de data aceasta o româncă al cărei tată murise escaladând muntele K2, tragedie care s-a petrecut chiar în perioada când tatăl meu era în misiune diplomatică în Pakistan. Tata a trebuit să îşi ia din nou rolul ingrat de şef de misiune care să anunţe familia şi să trimită corpul neînsufleţit acasă, prin cea mai rapidă şi eficientă modalitate, întrunind toate condiţiile oficiale, protocolare şi în concordanţă cu legile ţării-gazdă. Mai mult, înduioşaţi de fetiţa care rămăsese orfană şi care îşi exprimase dorinţa de a primi o păpuşă Barbie de la tatăl ei, la revenirea lui în ţară, părinţii mei au cumpărat una blondă cu ochi albaştri, îmbrăcată într-o rochie albă de prinţesă, şi au pus-o în geamantanul alpinistului.

Ochii mi se umplu de lacrimi. Mă uit la păpuşile care îmi zâmbesc de pe etajere şi încerc să trec peste momentul acesta care nu are nici o legătură cu faptul că eu, o femeie matură de treizeci de ani, mă aflu în mijlocul Parisului! Îl iau pe puiul de leu Simba de pe etajeră şi răsuflu uşurată. *Lion King* a fost într-o vreme filmul preferat al fiicei mele, aşa că ştiu sigur că am ales cadoul perfect pentru ea.

Ieşind valvârtej din magazinul Disney, pe latura cealaltă a bulevardului observ un restaurant cochet, cu prelată şi covor roşu la intrare. Se numeşte Fouquet's! Este celebrul restaurant care datează din anul 1899, renumit pentru meniul 100% *cuisine française* şi care găzduieşte în fiecare an un dineu oficial cu ocazia Premiilor César în cinematografie. Îmi dau seama că stomacul meu protestează de foame şi iau decizia să mă tratez cu un prânz demn de o actriţă de cinema.

După o oră de răsfăţ culinar şi servicii impecabile, relaxată, mişc paharul de cristal, ţinându-l de picior, amestecând uşor vinul roşu franţuzesc decantat de *sommelier*, adulmecându-i buchetul aromat de struguri din sudul Franţei. Am luat un *pâté de foie gras* cu dulceaţă de coacăze şi pâine toast, o mini-salată de crudităţi şi un platou cu brânzeturi franţuzeşti, iar acum mă gândesc în tihnă la seara ce se anunţă a fi spectaculoasă.

Mă întorc la hotel şi îmi pregătesc ţinuta de seară. Am ales o rochie creată de Doina Levintza, neagră, lungă, despicată pe picior, cu un şir de mărgele strălucitoare marcând decolteul rotund şi un brâu care înconjoară talia, dând corpului un aspect de sirenă. Voi purta o etolă din blană de nurcă şi o voaletă care acoperă parţial ochii, din colecţia de accesorii Meli Melo.

Parfumul franţuzesc pe care l-am descoperit astăzi într-un mic *boutique* cu esenţe speciale, prezentat în forma inedită a unui măr cristalin violet, cu codiţă aurie şi cu un miros inconfundabil care s-a potrivit perfect cu pielea mea, este Lolita Lempicka. Mi-am dat cu o picătură după ureche şi cu una la încheietura mâinii, un alt truc pe care l-am furat de la parizience.

La ora 19,00 sunt aşteptată de şofer cu limuzina trasă la scară. Cobor din ea şi pun piciorul direct pe covorul roşu de la intrarea în Grand Palais, unde are loc gala. Am avut timp să dorm puţin în camera de hotel. Când m-am întors, m-am aruncat pe patul cu baldachin cu o senzaţie de oboseală plăcută, îmbrăţişând pernele mari şi moi cu miros de levănţică. Am dormit adânc şi m-am trezit lin, mi se părea că îmi mângâia cineva tâmplele şi îmi cânta încet la ureche o melodie lentă. Asta m-a binedispus şi m-a făcut să mă pregătesc cu nerăbdare pentru marele eveniment. Machiajul proaspăt şi coafura perfect de... imperfectă, cu câteva şuviţe rebele căzându-mi de-a lungul feţei, alcătuiesc exact imaginea pe care doresc să o am în această seară specială.

Intru după ce le arăt invitaţia nominală hostesselor care ne întâmpină la uşă, nişte fete superbe, înalte, îmbrăcate în rochii dintr-un material diafan care dă impresia unui combinezon de *boudoir*. În Grand Palais sunt invitată să fac o poză la panoul imens încadrat de reflectoare puternice, într-un decor ce sugerează sărbătoarea Zilei Îndrăgostiţilor. Arborez cel mai frumos zâmbet pe care-l am în faţa presei şi fac o mică reverenţă.

Un domn distins, cu părul grizonant, îmbrăcat la patru ace într-un *tuxedo* negru cu cămaşă albă încheiată cu nasturi perlaţi, cu un ac cu vârf de diamant la guler, se îndreaptă încet spre mine, cu un surâs galant.

– *Bonsoir, Madame!* Sunteţi fermecătoare. De unde sunteţi?

– Sunt româncă. Trăiesc în capitala României, la Bucureşti.

– *Ah, Le Petit Paris, n'est-ce pas?* zice domnul misterios, arborând acelaşi zâmbet curtenitor.

Mă uit la el și mi se pare că îl cunosc de undeva, dar memoria nu mă ajută. Îi zâmbesc și îi răspund:

– *Non, c'est le grand Bucharest, c'est tout.*

– *Touché, Madame. À votre service, Monsieur Bernard-Henri Lévy.*

Acum știu de unde-i cunosc trăsăturile! Este renumitul filozof și scriitor, soțul actriței Arielle Dombasle, cea pe care eu, în copilărie, o admiram în filmul *Lace*.

Acum, vocea ei iese din sertarele cu amintiri și se transformă în realitate. Îi aud glasul inconfundabil, care se apropie de noi:

– *Mon amour, vous êtes amoureux de la belle dame sans merci?*

Arielle Dombasle, într-o rochie superbă, argintie, pare că alunecă ușor spre noi, cu faldurile rochiei făcând ape-ape la fiecare mișcare a gleznei. Talia de viespe îi iese în evidență și mai mult prin această mișcare fluidă și strălucitoare. Are părul lung pieptănat în bucle aurii și o diademă prinsă pe creștetul capului îi complimentează fața cu fruntea înaltă, bărbia ascuțită și tenul translucid, ușor străveziu. Ochii mari, albaștri, cu forma ochilor de pisică, se uită galeș la noi. Râsul ei cristalin face să se întoarcă spre ea capetele oamenilor. De fapt, toți sunt cu ochii pe noi acum. Nu vreau să creadă că flirtez cu soțul ei. Am auzit că franțuzoaicele sunt aprige la mânie și că te pun la punct imediat dacă adulmecă primejdia.

Degajat, fără a lăsa să se înțeleagă că ar fi un duel între ei, el îi răspunde:

– Draga mea, toţi filozofii care au scris despre erotism ştiu că unde nu e distanţă nu există graniţe, unde nu e graniţă nu e subiect tabu, unde nu e nimic tabu nu mai există transgresiune, iar asta duce la inevitabila lipsă a dorinţei.

Arielle Dombasle provine, ca și mine, dintr-o familie de diplomaţi. Contez pe educaţia ei, știind că este faimoasă pentru manierele, politeţea și punctualitatea ei. Mă număr printre fanii ei, așa că am citit totul despre viaţa ei. Brigitte Bardot a numit-o „fiica pe care aș fi dorit să o am", deci mă aștept să aud o replică inteligentă din partea acestei femei frumoase, care măsoară în înălţime doar 1,55 metri, dar care, în ochii mei, este o uriașă.

Cu un surâs fin, Arielle îi întoarce replica lui Lévy:

– Dragul meu, se știe că dragostea nu este ceva liniștitor. Eu mă arunc în vâltoarea iubirii ca și când aș înota într-un râu tumultuos, plin de pietre și de curenţi, dar care mă aduce de fiecare dată la extaz.

Acestea fiind spuse, s-a coborât cortina și actorul a ieșit de pe scenă. Acel actor am fost eu. Ah, *le gai Paris*!

Mirajul Americii

„Haiaaaaaa, hoooooooo, huāngdàn deeeeeeee!“ Strigătele disperate ale vecinului meu de scaun concurează cu ale mele în intensitate și decibeli. Ne uităm unul la altul, fiecare exprimându-și emoţiile în limba lui, încercând să nu-i deranjăm prea tare pe ceilalţi pasageri. Nu ne cunoaștem, dar am ales aceeași experienţă, în același loc, la aceeași oră. Suntem în aer, într-un elicopter care se îndreaptă spre marginea prăpastiei într-o mișcare cu ușoare rotaţii ale cozii care ne ameţesc de-a dreptul. Eu am ales locul de la margine, stând practic cu picioarele suspendate deasupra geamului din sticlă, suferind de rău de înălţime și agitându-mă și mai tare odată cu strigătele celor patru turiști chinezi cu care am nimerit în elicopter. Toată lumea scoate exclamaţii de uimire și ţipete de spaimă la apropierea stâncilor roșiatice ale Marelui Canion. Trecem în viteză peste terenul plat și arid, pe pământul roșiatic se desenează umbra elicelor care se rotesc într-un zgomot asurzitor ce răzbate chiar și prin căștile antifonate pe care le purtăm la urechi. Simt că delirez, emoţia amestecată cu frica de înălțime îmi pompează în sânge adrenalină, iar degetele mele stau încleștate pe telefonul mobil, încercând să capteze totul în film. Lacrimi de emoție îmi apar la colțul ochilor și strâng tare pleoapele când elicopterul pare că rămâne o fracțiune de secundă suspendat în aer deasupra hăului care se deschide în jos. Pereții abrupți și ascuțiți ai canionului se apropie periculos de noi, iar umbra elicopterului se proiectează ca o insectă uriașă ce zumzăie în bătaia vântului, căpătând forme ciudate, uneori înguste, alteori alungite, ca o ființă care a mâncat din prăjitura fermecată în Țara Minunilor.

Plutim ca un vultur deasupra canionului, cu coborâri line de-a lungul râului Colorado, ce șerpuiește în valea săpată de-a lungul mileniilor prin rocă.

Senzația aceasta de zbor o aveam deseori în vis, în copilărie. Părea că am aripi, că străbat distanțe lungi într-o clipită, zburând peste mări și țări. N-am înțeles niciodată de unde veneau aceste imagini în visele mele, cum de erau atât de bine conturate în mintea mea, dar, cu timpul, ele au devenit din ce în ce mai rare, până când nu au mai apărut deloc. Mă gândesc cum, în călătoria mea prin viață, am pierdut capacitatea de a zbura a copilului care am fost, cu imaginația lui febrilă. Când creștem mari, totul se estompează, culorile scad în intensitate, miracolele par neverosimile din cauza instalării fricii, a trezirii la realitate, acea realitate care ne învață că nu totul este posibil, că trebuie să ne înfrânăm imaginaţia, visele, dorinţele, credinţa în fantastic şi în absolut.

Mă uit la splendoarea din jurul meu: la vârfurile pe care creşte ici şi colo câte un petic de vegetaţie, la crăpăturile adânci care ascund misterul naşterii coloşilor de piatră, la vâltoarea râului care sapă necontenit în stânca dură, şi mă minunez de înverşunarea cu care natura îşi păstrează frumuseţea, indiferentă la vicisitudinile vremii, la catastrofe sau la atingerea omului.

Mi-am dorit să ajung în America, dar nu în oraşele construite din sticlă şi beton, ci în continentul descoperit de Amerigo Vespucci sau Cristofor Columb... sau să fi fost Marco Polo? Să-i lăsăm totuşi pe istorici să se certe pe tema asta...

Când m-am hotărât să fac această călătorie, eram într-un moment de cotitură al vieţii mele. Practic, tot ceea ce clădisem până atunci în viaţă se schimba total. Intrasem într-o perioadă de auto-vindecare, de redescoperire a sinelui, şi America a fost ca o chemare firească. Mi-am cumpărat biletul de avion într-un impuls de moment, apoi, a doua zi, de teamă, am vrut să-l anulez. Din nou pusese stăpânire pe mine frica de necunoscut, ieşeam din zona mea de confort. Dar mi-am învins prejudecăţile şi iată-mă, o femeie liberă şi singură, păşind pe tărâmul făgăduinţei. Nu ştiam ce voiam să descopăr acolo. Un lucru era cert. Voiam să trăiesc clipa şi să mă debarasez de tot ceea ce crezusem până atunci că e *politically correct*.

Dacă nu acolo, în ţara tuturor posibilităţilor, atunci unde aş fi putut să fac acest experiment cu mine însămi?

Elicopterul a coborât treptat şi s-a aşezat uşor pe pământ. Ne aflăm în adâncul canionului, iar zgomotul apelor învolburate se împleteşte cu zumzăitul constant al elicelor care ridică praful roşiatic şi aruncă rotocoale de iarbă aspră şi uscată în toate direcţiile. Mă dau jos şi constat că îmi tremură genunchii, un reflex automat după atâta agitaţie amestecată cu frică. Chinezii sar din elicopter, uşori şi sprinteni, vociferând şi făcând deja poze, *selfie*-uri, când singuri, când în grup, cu faţa la canion, cu faţa la râu, ridicând două degete, semnul victoriei, în faţa elicopterului. Deşi am fost cu toţii împreună în acest zbor, ei o iau înainte, fără să mă bage în seamă sau să încerce o conversaţie simplă. Poate că limba e o barieră, dar simt că e şi ceva din firea lor. Poate că nu se cade să intre în vorbă cu o femeie singură sau pur şi simplu îmi respectă intimitatea. O iau pe jos spre râu, încercând să cuprind minunăţiile din jur într-o singură privire. Inima încă îmi bate cu putere şi încerc un sentiment de fericire pură, ceva ce parcă a răzbătut din negura copilăriei mele.

Am rămas în spatele grupului, mergând încet, uitându-mă la cizmele mele noi de cowboy cum se acoperă de praful fin şi roşiatic. Mă adâncesc în gândurile mele şi încep să fluier uşor.

– Vreţi să chemaţi cumva spiritele? aud o voce calmă în spatele meu.

Tresar uşor şi mă uit peste umăr. Un bărbat cu trăsături de amerindian, cu părul negru lung strâns într-o coadă împletită la spate, îmbrăcat în pantaloni și cămașă largă finisată cu un tiv lat cusut în simboluri geometrice fine, îmi zâmbește cald. Ochii îi strălucesc sub borurile unei pălării mari cu două pene colorate.

– Ah, nu, îmi pare rău, sper că nu am greșit cu ceva. Așa îmi place mie să fluier când mă plimb singură și mă cufund în gândurile mele. Încep să fluier... fără să-mi dau seama, îi zic eu, ușor alarmată că am tulburat liniștea din jur sau am încălcat vreun protocol al tribului care administrează parcul naţional Marele Canion, pământul lor străvechi.

– N-aţi greșit cu nimic! Spiritele sunt încântate dacă sunt trezite la viaţă. Așa, le arătăm că suntem vii, că trăim viaţa în armonie cu natura, că pășim pe tărâmul de care ne leagă însăși originea noastră, îmi răspunde el pe un ton serios.

– Ah, sigur, vă înţeleg. Eu vin de departe... nu sunt de aici, dar mă simt de parcă sunt acasă... e ciudat...

– Am simţit ceva la dumneavoastră. Aveţi o piatră pe suflet. Spiritul dumneavoastră îmi vorbește. Să știţi că vindecarea nu înseamnă că stricăciunea nu a existat în suflet, ci că acum nu vă mai controlează viaţa.

Mă uit cu uimire la acest om care a răsărit ca din senin lângă mine.

– Aşa de uşor se vede prin mine? Am crezut că pot să-mi ascund sentimentele destul de bine. Am purtat această mască zilnic atâta timp... După atâta exerciţiu, mă gândesc că ar trebui să păcălesc uşor oamenii din jur chiar şi cu un simplu zâmbet.

– Zâmbetul dumneavoastră poate păcăli pe oricine, însă privirea nu o poate face la fel de uşor. Mă bucur însă că aţi încetinit ritmul şi că v-aţi lăsat înconjurată de singurătatea din jur, căci ea vă ascultă gândurile. Simţiţi adierea vântului, el vă vorbeşte... Ascultaţi-vă acum inima, căci ea ştie totul.

Îmi vorbeşte cu atâta înţelepciune. Nu pot să-i ghicesc vârsta. Are faţa brăzdată de o sumedenie de riduri, în special în colţul gurii şi în jurul ochilor. Nu pare să aibă mai mult de cincizeci de ani. Poate mă înşel... Îmi place de el. Încerc să duc conversaţia mai departe, pentru că îmi face bine. Îmi trezeşte curiozitatea, aş vrea să aflu cum priveşte el viaţa şi simt că străinul acesta mă va face să văd într-un mod diferit drumul pe care am apucat.

– Acolo unde trăiesc eu, oamenii sunt mai atenţi la ceea ce spune lumea despre ei. E mai greu să te laşi condus de ceea ce îţi dictează inima.

– S-ar putea ca oamenii să te urască pentru că tu eşti diferit de ei şi pentru că nu ţii cont de standardele societăţii, dar, în adâncul sufletului lor, şi-ar dori să aibă curajul să facă şi ei la fel. Tragedia vieţii nu este moartea, ci ceea ce lăsăm să moară în noi pe parcursul vieţii.

– Din păcate, omenirea se lasă condusă de lucruri materiale, cele care sunt ca un premiu pentru poziția și statutul nostru în societate. Am alergat toată tinerețea mea după asta, mi-am forțat limitele, am suferit când alții mi-o luau înainte, am dat din coate ca să ajung cineva, am vrut să fac cât mai mulți bani ca să fiu înstărită și lumea să mă respecte... Acum mă simt golită de parcă nu am realizat nimic important în viață.

– Unele lucruri s-ar putea, într-adevăr, să-ți ia ochii prin strălucirea lor, dar e mai înțelept să alergi după acele lucruri care-ți fac inima să tresară. Nu trebuie să vă învinuiți, așa e firea omului. Numai după ce ultimul copac va muri, după ce ultimul râu va seca și ultimul pește va dispărea din albia uscată, abia atunci ne vom da seama că banii nu sunt de mâncare.

– Da, tot ce se poate, dar, așa cum ați spus, natura umană ne îndeamnă să facem lucrurile altfel decât ar trebui. În loc să fim uniți, ne place dezbinarea. În loc să fim fericiți cu ceea ce avem, ne preocupă ce are vecinul nostru. În loc să căutăm liniștea în suflet, ne lăsăm conduși de ură. Cum aș putea eu să mă schimb? Cine m-ar iubi sau aprecia dacă m-aș dezgoli de aceste straturi în care m-a îmbrăcat societatea?

– În sufletul nostru se dă o luptă între doi lupi. Unul este rău și întruchipează gelozia, răutatea, lăcomia, resentimentele, minciuna și orgoliul. Celălalt lup este bun și reprezintă dragostea, pacea, speranța, modestia, bunătatea și adevărul. Care lup câștigă lupta? Acela pe care îl hrănești. Când te uiți în spate, trebuie să simți recunoștință pentru viața pe care ai trăit-o. Când te uiți în față, concentrează-te pe propria-ți viziune. Când îți ridici privirea spre cer, umple-te de putere, iar când privești în adâncul sufletului tău, caută liniștea. Nu putem fi decât ceea ce ne face să fim puterea noastră interioară.

Îl salut cu o înclinare a capului în timp ce își ia la revedere de la mine. Cu mersul lin, coboară spre râu, pășește într-o barcă trasă la mal și începe să vâslească cu o singură vâslă, lăsându-se purtat de curenții râului.

Mă uit în sus spre gura canionului. Acolo, sus, e o altă lume. Haotică, agitată, nemiloasă, nepăsătoare. O lume în care slăbiciunile omului nu sunt tolerate. O lume în care orice greșeală este taxată.

Îmi aduc aminte că aveam douăzeci de ani când am simțit prima oară pofta din ochii unui bărbat care mă privea ca un lup, gata să sară pe mine. Eram tânără, model și aveam toată lumea la picioare. Era o noapte fierbinte, iar eu ieșisem cu prietenii mei la o discotecă renumită, de fițe, în care oamenii erau catalogați după banii pe care îi aveau în buzunare, iar asta se observa ușor după poziția fiecăruia în local. Cei cu bani aveau rezervate mesele centrale din jurul ringului de dans, fiecare masă având câte o frapieră cu șampanie scumpă și pahare din cristal. Urmau cei din mijloc, care stăteau în picioare la mese mai mici, rotunde, sprijinindu-și cotul și învârtind cu o falsă nonșalanță paharele cu whisky. Restul se aflau ori la bar, ori la intrare, opriți și legitimați de bodyguarzi.

Dansam în cerc împreună cu prietenele mele, chicotind la ocheadele pe care ni le aruncau cei din jur. Eram frumoase, admirate și celebre. Ne unduiam trupurile în ritmul muzicii, lăsând la iveală câte-un picior dezgolit, cu glezna prinsă în bareta fină a unei sandale cu toc cui. Rochiile scurte, strălucitoare captau luminile stroboscoapelor, iar părul lung, coafat în bucle, ne mângâia în treacăt fețele, căzându-ne peste umeri, ușor umezit din cauza căldurii și a agitației din club. În vânzoleala de pe ringul de dans, am observat privirea pătrunzătoare a unui bărbat care sorbea încet șampanie, ținând paharul cu degetul mic ridicat, etalând un ghiul din aur. M-am uitat cu coada ochiului la el... Insistența cu care mă privea mă irita. Aș fi vrut să-l pun la punct cu o privire tăioasă, dar nu puteam, pentru că era iubitul uneia dintre prietenele mele. Ea dansa la câțiva metri distanță. L-am ignorat și am dansat în continuare. La un moment dat, prietena lui s-a dus la toaletă. Bărbatul a venit lângă mine ca un vânător care-și adulmeca prada. Zâmbind, mi-a servit replica:

– Să știi că te doresc și vreau să fii a mea. Eu pot să-ți îndeplinesc orice dorință. Te fac vedetă peste noapte. Vei apărea în toate revistele și vei fi invidiată de toate femeile. Trebuie să te am în noaptea asta...

Am rămas șocată de obrăznicia lui și de siguranța cu care credea că aveam să-i cad în plasă imediat. Își închipuia că mirajul celebrității, al banilor, al ascensiunii triumfale în carieră ar fi trebuit să mă dea gata. Vorbele acelea ar fi trebuit să aibă efectul unui drog puternic asupra minții mele tinere și necoapte. Slavă Domnului că mândria și orgoliul meu, educația primită acasă și rușinea față de prietena mea m-au reținut să fac vreo prostie. E adevărat că pentru o fracțiune de secundă, imaginându-mi drumul pavat cu aur și cu lauri, am fost tentată de vorbele bărbatului. Dar oare aș mai fi avut curajul să mă uit în oglindă a doua zi, a noua sau a suta zi după noaptea aceea?

– Mulțumesc, dar nu mă interesează, i-am răspuns scurt.

Vizibil surprins de refuzul meu, mi-a aruncat o replică însoțită de un rânjet ce dezvelea o dantură albă care probabil costase mulți bani.

– Am auzit eu despre tine că ești dintre cele cu nasul pe sus, dar voi avea grijă să-ți arăt cât de greu este să ajungi cineva fără mine. Vei regreta asta, îți promit.

Oftez și revin cu picioarele pe pământ. De ce trebuie să fie totul un mare compromis în viață? În tinerețe poți face ușor greșeli care să te coste mult. Poți avea, e adevărat, și regrete... Dar acum, când am trecut prin multe în viață, îmi dau seama că am luat decizia corectă. Altfel nu mi-aș fi iertat-o niciodată...

Ajung la baza heliportului. Un chinez mi-a luat locul de la geam și acum stau înghesuită între ei. Îl întreb pe pilot dacă aş putea veni pe scaunul din faţă. Îmi răspunde sec că nu e voie, pentru că sunt prea înaltă și trebuie să stau pe mijloc, pentru echilibrul elicopterului. Mă uit pe furiș la chinezul care strigă în continuare „Huāngdàn deeeeeeee!", râzând cu o faţă de copil.

Toropită de căldura soarelui, dar și de zborul cu elicopterul, mă îndrept încet spre un magazin cu sandvișuri și băuturi răcoritoare. La tejghea mă întâmpină un băieţandru cu o ușoară grimasă în colţul gurii. Se vede treaba că e și el la fel de obosit ca mine. Nu am bani mărunţi, așa că îi dau o bancnotă de 100 de dolari. Grimasa lui se adâncește. Îmi cer scuze că nu am bancnote mai mici, dar el mormăie ceva în barbă și îmi spune că rezolvă cumva problema. Îmi întinde o bancnotă de 50 de dolari și restul în bancnote mai mici. Îi mulţumesc frumos, lăsându-i un *tip* generos.

Parcul este mare și mai sunt și alte atracţii pe aici, așa că ar fi bine să mă distrez cât pot de mult, mai ales că am plătit biletul pentru o zi întreagă la Marele Canion. Nu mi-am făcut un program anume. Am închiriat un Mustang galben, decapotabil, când am aterizat în America, la San Francisco, apoi am condus de-a lungul coastei Pacificului până în Los Angeles, continuând aventura în Las Vegas. Au fost zile pline, obositoare, dar încărcate de adrenalină. Nu mi-am imaginat vreodată că voi face acest drum singură, la volanul unei mașini cu mulți cai-putere. Aceasta a fost provocarea pe care mi-am lansat-o și să fiu a naibii dacă n-o duc la capăt.

Mă uit din nou pe harta cu atracțiile din canion și aleg să vizitez un ranch de cowboys și să experimentez un *bull ride*. Există momente în viață când trebuie să iei... taurul de coarne!

Am ajuns la ranch și deodată pare că am intrat în lumea unui film western. Pe o alee, singura de altfel, încadrată de case tip *saloon* cu uși batante din lemn, câțiva cowboys se plimbă în costumele tipice, cu pălării și pistoale la brâu. Unul mă învață cum să trag cu arma, apoi mă invită la un *shoot-out*. Bineînțeles că mi s-au dat gloanțe oarbe, dar zgomotul mă face să mă sperii și să-mi tremure mâna pe pistol. Dar e *fun*, mă distrez de minune. Intru în ringul unde mă așteaptă taurul electric. Mi se recomandă să mă descalț, dar eu vreau să-mi țin cizmele în picioare. Fac o filmare pentru Facebook și trebuie să arăt *cool,* doar cizmele de cowboy mi le-am cumpărat special pentru această excursie! La prima mișcare, totul pare simplu. Problema e că acest taur începe să facă pe nebunul. Deodată zvâcnește la dreapta, apoi la stânga, când în sus, când în jos, făcând să-mi zboare pălăria de pe cap. Țin genunchii strânși pe mașinăria asta diabolică și simt cum călcâiele mi se freacă dureros de pielea aspră a cizmelor. Scrâșnesc din dinți și încerc să rezist la mișcările spastice ale taurului.

Spatele mi se arcuiește ca armonica la care se cântă *Cotton Eye Joe*. Încep să dau semne de agitație. Bărbații stau pe margine și se amuză copios. Îi rog să pună capăt jocului și, cu un scârțâit de mașinărie neunsă, taurul meu își dă ultima suflare, satisfăcut de isprava sa. Mă dau jos de pe el și rămân într-o poziție nefirească, ușor... crăcănată. Nu-mi mai simt picioarele, coapsele mă dor, iar călcâiele parcă au luat foc în cizme. Mă așez încet pe un taburet îmblănit și îmi scot cizmele. Călcâiele mele au făcut bășici care dor la atingere. Ce mă fac acum? Nu am încălțări de schimb la mine. Unul dintre cascadorii-cowboys mă sfătuiește să merg la magazinul de suveniruri ca să-mi cumpăr o pereche de șlapi. Bună idee!

Mă duc la magazin și intru pe ușa care mă anunță printr-un clinchet de clopoțel. O femeie aborigenă stă la casierie și îmi zâmbește, urându-mi bun venit. Mă uit după șlapi, deși îmi alunecă ochii și spre produsele artizanale colorate care fac parte din cultura indienilor. Îmi aleg o geantă mică din piele împletită, cu siluete de animale desenate manual cu vopsea de rășină, un mini-cactus într-un vas-magnet, apoi iau de pe etajeră o pereche de șlapi roșii simpli pentru picioarele mele care au suferit destul pe ziua de azi.

În magazin intră un cuplu de turiști și un bărbat îmbrăcat într-un costum care îl imită pe cel de șerif. Are și insignă în piept. Uau, după ce plătesc totul la casierie, vreau să-l rog să mă lase să fac o poză cu el.

Nu l-am văzut printre ceilalţi cascadori. Probabil o fi fost în pauza de masă.

Scot o bancnotă de cincizeci de dolari din teancul de bani pe care îl aveam pregătit. Nu ştiam dacă merge cardul de credit prin pustietatea asta și m-am gândit să vin pregătită cu cash, mai ales că peste tot există anunţuri unde se recomandă să lași bacşiş celui care te serveşte. Inclusiv procentul!

Pun bancnota pe masă, iar casieriţa o ia, se uită în lumină la ea, apoi o trece prin maşinăria de verificat. Tresar când aceasta scoate un sunet nefiresc şi se aprinde becul roşu. Casieriţa zâmbeşte şi încearcă din nou. Se întâmplă acelaşi lucru. Uşor jenată de toata situaţia, încearcă din nou.

Bărbatul cu insignă de şerif ridică ochii de la obiectul pe care îl ţinea în mână.

– E vreo problemă, *ma'am*?

– Nnu... cred, spune, fâstâcită, casieriţa.

Eu zâmbesc prosteşte.

Casieriţa întoarce bancnota și se albeşte la faţă. Ochii i se măresc și dintr-odată se uită la mine cu suspiciune.

– Bancnota asta este falsă!

– Poftim? Nu se poate, eu nu fac aşa ceva! Cum vă permiteţi să îmi spuneţi aşa ceva? îi răspund eu, supărată, cu tonul uşor ridicat.

– Domnule şerif! Veniţi aici, vă rog!

Nu-mi vine să cred! Acela este un şerif adevărat?

Într-o secundă, bărbatul este lângă mine.

– Actele la control! Orice spuneţi va putea fi folosit împotriva dumneavoastră la tribunal. Aveţi dreptul să consultaţi un avocat înainte de a vorbi cu poliţia...

– Vă implor! Sunt turistă. Nu fac trafic cu bani falşi. Nu ştiu cum a ajuns bancnota asta în portofelul meu. Probabil, când am schimbat bani, mi s-a strecurat printre alte bancnote. Domnule şerif, vă rog, ascultaţi-mă, sunt o femeie singură, nu am pe nimeni aici cu mine, vă dau adresa unde stau, chiar şi cea de acasă, din ţara mea. Pot să dau un telefon ca să vă lămurească lumea cine sunt, sunt om serios, nu am cazier! Vă implor!

– Unde aţi schimbat bani ultima oară? mă întreabă omul legii.

Acum îmi dau seama cât de serioasă este treaba și încep să tremur tare.

– Domnule şerif, eu stăteam liniștită aici, după cum veţi vedea și din camera de luat vederi. Am primit bancnota de la această clientă. Am trecut-o de câteva ori prin mașina de verificat. Sunt angajată cu normă întreagă la acest magazin de câteva luni. Până acum nu am avut nici un incident.

Nu-mi vine să cred! Casieriţa se dezvinovăţeşte fără să fie întrebată și e evident faptul că vrea să se disocieze de mine ca de... dracul!

Îmi dau seama că trebuie să mă liniștesc. Până la urmă, sunt nevinovată. Îmi înfrânez teama, scot actele și tot ce am în portofel. Mă legitimez și vorbesc liniștit. Sper că totul se va rezolva. Mă gândesc la toată ziua pe care am petrecut-o în canion și la amerindianul care mi-a dat curajul să pășesc singură pe drumul vieții. Am primit un semn că viața e simplă și frumoasă, doar de noi depinde să nu o complicăm.

Omul legii mi-a verificat actele, a scos o declarație pe care m-a pus să o completez și a confiscat bancnota buclucașă pe spatele căreia scria: „*Welcome to Las Vegas!*“.

Mamma mia!

Dacă stau bine și mă gândesc, aș putea să îndemn orice femeie care dorește să primească o porție de admirație exacerbată și nedisimulată, atunci când are nevoie de asta ca să-și recapete încrederea în ea, să-și facă bagajele și să plece într-o scurtă călătorie în Italia. Sinceră să fiu, de-a lungul vieții am avut parte de câteva experiențe pe care nu le pot numi altfel decât idile nevinovate. Și mai toate au legătură cu Italia, deci e clar că sângele latin este, așa cum se și spune, de altfel, fierbinte și plin de pasiune.

Prima oară când am pășit pe tărâm italienesc era prin anul 1992. Atunci am auzit exclamația admirativă „*Mamma mia!*" de la taximetriștii care își așteptau turiștii în fața aeroportului. Au sărit vreo trei inși deodată ca să-mi ia valizele, apoi au început să se certe între ei care să mă ducă la destinație. Cu vocile lor baritonale, gesticulând ca niște marionete, vorbeau rapid în italiană, fiecare încercând să pună mâna pe bagajul meu. Unul mi-a deschis portiera mașinii, altul a deschis portbagajul și mi-a urcat imediat valizele, iar celălalt, care s-a prezentat cu numele de Giuseppe, mi-a pupat mâna și mi-a urat „*Benvenuti alla bella Italia*". Zăpăcită de atâta atenție, stăteam pe marginea trotuarului și mă uitam la ei, zâmbind și încercând să-i împac, spunându-le adresa hotelului la care trebuia să ajung. Mi-am dat seama că era un joc, făcut special pentru ca eu să fiu generoasă la sfârșitul cursei, dându-i șoferului un bacșiș pe măsura complimentelor pe care le primisem.

Sosisem în Italia cu treabă, dar și cu speranța că voi avea timp să vizitez locurile minunate despre care citisem sau pe care le văzusem doar în filme. Eram invitată să prezint un concurs de miss, o colaborare între partea românească și cea italiană, un eveniment ce se transmitea *live* la o televiziune locală.

Aveam emoții, fiindcă eram pentru prima oară în Italia și nu numai că nu știam limba prea bine, dar trebuia să mă întâlnesc cu conducerea televiziunii și cu organizatorii concursului, iar miza era destul de mare. Visam de mult la o astfel de oportunitate și voiam să fac o impresie bună. Mai avusesem ocazii să plec cu contracte în afara țării, dar companiile sau agențiile care mă invitau nu prea prezentau garanția seriozității. Fiind dintr-o țară est-europeană, eram și mai atentă, fiindcă nu voiam să pic în plasa vreunui escroc. Tânără, cu prejudecăți despre lume, vădit speriată de ieșirea mea la rampă într-o țară străină care avea faima de convertire a fetelor cu aspirații de manechin în femei care ajungeau un accesoriu la brațul unui bărbat, eram ca o căprioară care tresărea la orice zgomot neașteptat.

Mă aflam în mijlocul Romei. După un zbor lin cu TAROM, mă simțeam *fresh* și dornică să mă întâlnesc cu echipa italiană. Am intrat în hotel și m-am oprit în fața recepției. Un bărbat îmbrăcat în costum, atât de elegant încât părea că ieșise din paginile revistei *Vogue*, m-a salutat politicos și mi-a cerut actele.

– Sunteți română?

– Da, am spus eu sfioasă.

Nu știam cum să reacționez, având în minte comentariile celor de acasă, care mă avertizaseră asupra faptului că româncele aveau o imagine rău famată în Italia. Mi-era teamă că acest domn avea să se uite suspicios la mine, că îmi va pândi plecările și venirile și își va forma probabil o impresie greșită, fără să știe cine sunt cu adevărat. Am aplecat ușor capul și m-am concentrat pe formularul care trebuia completat cu datele din pașaport.

– Ați venit să vizitați orașul, stimată domnișoară?

– Sunt invitată să prezint un concurs de miss pentru o televiziune italiană.

– Ah, deci sunteți vedetă TV. Mă gândeam eu că trebuie să fiți artistă, după cât de frumoasă sunteți, îmi zâmbește discret recepționerul.

– Mulțumesc pentru compliment.

– Toată Italia a auzit de voi, româncele, că sunteți frumoase și că așteptați să fiți complimentate pentru asta, continuă el cu un zâmbet în colțul gurii.

– Mi se pare normal, domnule, având în vedere că avem în gene şi ADN-ul vostru, îi răspund automat, zâmbindu-i.

Îmi aduc aminte de o întâmplare pe care ne-a povestit-o tata. Era în misiune diplomatică în Sri Lanka și a fost invitat la o masă oficială alături de alţi ambasadori. Dintr-una într-alta, discuţia a ajuns la subiectul fierbinte al zilei. Bo Derek, actriţa americană, sosise în Sri Lanka pentru a filma noua versiune a lung-metrajului *Tarzan*. Tatăl meu, dorind să aducă în centrul atenţiei faptul că actorul principal care juca rolul lui Tarzan era de origine română, le-a spus asta comesenilor, cu mândrie. Ambasadorul Italiei, cu un râs zgomotos, i-a replicat: „Ah, deci așa sună limba română, ca strigătele primitive ale lui Tarzan". Toată lumea a râs ușor, stânjenită de gafa diplomatică. Tatăl meu ar fi trebuit să se ridice de la masă, cerând permisiunea gazdei de a se retrage, ca un răspuns la ofensa adusă în public limbii române de către un ambasador al altei ţări. Cu toate acestea, mereu pe fază și stăpânind arta replicilor cu dublu înţeles, tata i-a răspuns ambasadorului italian cu o ironie fină: „Aaa, nu, Excelenţa Voastră, acele strigăte sunt doar o reminiscenţă a romanilor care au invadat teritoriul, poporul și graiul nostru". Atunci, toată lumea a izbucnit în râs, împreună cu ambasadorul Italiei, care, cu înălţimea sa de aproape doi metri, s-a ridicat în picioare, a făcut o plecăciune în faţa tatălui meu și i-a întins mâna ca să-l felicite pentru prezenţa sa de spirit.

Mă uit la recepţioner şi îi cer cheia camerei. Îmi iau un aer uşor inabordabil, un mecanism de apărare pe care mi l-am perfecţionat în timp, mai ales în perioada adolescenţei, când trebuia să mă apăr de obrăzniciile băieţilor. Poate că bietul om a vrut să fie galant, sau poate că nu. Instinctul meu îmi spune altceva, iar eu îl urmez adesea. Îi mulţumesc frumos pentru cheie şi mă îndrept spre lift. Îmi las bagajul în faţa recepţiei, dându-i de înţeles astfel că aştept să mi le aducă unul dintre *bellboy*s în cameră.

Intru și mă întâmpină imaginea unei camere cochete, cu ferestre mari care dau spre Via Condotti, o stradă celebră, cu magazine luxoase, aproape de Piazza di Spagna, unde are loc, o dată pe an, un adevărat spectacol de modă, cu manechinele coborând pe treptele vechi, în ţinute elegante create de marile case de modă. Mă duc la geam şi contemplu frumuseţea clădirilor din jur, forfota de pe trotuar şi mişcarea browniană a oamenilor care se grăbesc care-ncotro. Mă uit în jur şi observ pe masa cu oglindă veneţiană un bilet care mă informează că la ora șase seara am întâlnire la restaurantul hotelului cu echipa de televiziune şi cu prezentatorul ei, partenerul meu de scenă, Matteo S.

Mă aşez pe pat şi închid ochii. Italiencele sunt femei frumoase şi focoase. Mai ales cele care lucrează în televiziune sunt extraordinare prin felul în care arată şi se îmbracă. Au o atitudine dezinvoltă, sunt sigure pe ele, feminine, dar în acelaşi timp au un caracter puternic.

Oare eu ce impresie le voi face? Sar din pat şi mă duc la oglindă. Mă uit cu atenţie la faţa mea şi mă analizez din toate unghiurile.

„Fato, vezi că ne dărâmi cu bârna aia a ta!“, îmi strigă o voce din trecut. „Nasote, nasote, nasty, ce mai faci? L-aţi văzut pe Pinocchio? Uite-l aici!“, continuă cu obrăznicie colegul meu de clasă. Mă simt din nou mică, complexată. Mă uit în oglindă şi îmi revăd nasul lung şi ascuţit, uşor acvilin. De câte ori nu am plâns din cauza copiilor care râdeau de mine că am nasul mare! De câte ori nu mi-am dorit să-l fac să dispară, uitându-mă la poze cu actriţele mele preferate şi visând să arăt ca ele! Când eşti fată, e greu să suporţi glumele făcute pe seama ta. Le iei foarte personal, răutatea asta te face să te ascunzi în casă, să îţi bagi capul sub perne, să plângi de frustrare că nu eşti admirată şi că nu ai acea frumuseţe stereotip care întoarce capetele.

După ce am păşit în lumea televiziunii şi a modelling-ului, primul lucru pe care l-am făcut a fost să mă supun unei operaţii estetice de remodelare a nasului. L-am vrut mai mic, uşor cârn, şi noua lui înfăţişare mi-a îndulcit trăsăturile feţei. Îmi place acum. Transformarea aceasta m-a făcut să am mult mai multă încredere în mine.

De ce noi, femeile, nu putem să fim mulţumite de felul în care natura ne-a creat trupul? De ce trebuie să atragem atenţia asupra noastră prin modul în care arătăm? Probabil pentru că societatea ne împinge spre dorinţa de a fi perfecte, iar standardele de frumuseţe sunt într-o continuă schimbare. Anul acesta se poartă nasul cârn, peste câţiva ani va fi *en vogue* nasul drept. În anii '50 era la modă femeia cu forme, astăzi e ideal să arăţi ca femeia-şnur. În secolul al XIX-lea se purtau rochiile cu crinoline, astăzi se poartă minijupa. Ferice de cei care trăiesc de pe urma modei! Niciodată nu vor duce lipsă de adepţi.

Parcă simt o părere de rău după nasul meu, care avea, în toată măreţia lui, personalitate. Dar alung ideea asta pentru că, totuşi, acum arăt mai bine. Îmi dau seama că încă am un sentiment de inferioritate de care nu reuşesc să mă debarasez. Cât de mult rău poate face anturajul din copilărie...

Îmi desfac bagajele şi îmi pun lucrurile în dulap. Aleg o rochie într-o nuanţă de roşu *burgundy*, cu mânecă trei sferturi încheiată într-un volan pus pe bie, cu un decolteu rotund care îmi lasă gâtul lung şi alb dezgolit. Pantofii cu toc de şapte centimetri şi baretă prinsă într-o cataramă argintie sunt accesorizaţi cu o geantă de umăr din piele fină argintie. Îmi aleg cercei rotunzi, mari, care să-mi încadreze frumos faţa. Îmi prind părul într-o parte cu o clamă şi îmi dau cu parfum după ureche. *Giò* by Giorgio Armani.

Am emoţii şi încep să mă plimb prin cameră. Deschid televizorul şi schimb canalele. Nu găsesc nici unul în care să se vorbească în altă limbă decât italiană. Mai mult, filmele nu sunt subtitrate, așa că nu am nici o șansă să mă uit la ceva în seara asta. Nu-i nimic, mă voi plimba pe străzile Romei... *la città eterna*. Am auzit că este superb orașul sub luminile care accentuează fiecare clădire, monument și stradă.

Mă uit la ceasul de la mână, un Longines clasic pe care l-am primit cadou de la părinţii mei atunci când am intrat la facultate. Mai am cinci minute până la marea întâlnire. Îmi iau geanta pe umăr și ies din cameră. Punctualitatea este un lucru pe care l-am învăţat de mic copil. Prima impresie are mare legătură cu ora la care ajungi la o întâlnire. Deși se spune că este acceptabil să întârzii cincisprezece minute, nu pot face asta nici măcar pentru a urma principiul *fashionably late*.

Ajung în lobby și mă așez într-un fotoliu, punând picior peste picior și mâinile pe mânerele din lemn ale fotoliului, cu fața spre ușa de la intrare. Recepţionerul privește în direcţia mea. Îi zâmbesc și mă uit în altă parte. Nu vreau să mai intru în vorbă cu el. Sunt destul de agitată și am nevoie să stau liniștită, să-mi adun gândurile. Trec minutele atât de încet, iar mintea mea o ia razna. „Să fiu drăguţă și sociabilă, sau asta poate să dea impresia că sunt prea deschisă, prea disponibilă? Să stau serioasă? Poate că mă vor considera prea fiţoasă." Trebuie să fiu diplomată, să-mi măsor cuvintele, să nu-i întrerup pe alţii când vorbesc (am tendinţa asta, când sunt emoţionată, să nu-mi las interlocutorul să vorbească). Mă uit la ceas. A trecut de ora șase fix. Mă încrunt puțin. Oare voi aștepta mult aici, în lobby? E atât de penibil pentru o femeie să aștepte singură. Străinii care trec pe lângă ea încep să-i arunce niște priviri anume, spunându-și în sinea lor: „Vai, biata de ea, a luat plasă la întâlnire..."

Mă uit în jur și văd un stand cu reviste. Aleg un *Vogue*, un număr mai vechi, și încep să dau paginile încet. Reclamele cu manechine superbe mă fascinează. Îmbrăcate în ținute *trendy* create de designeri celebri, frumoasele femei se uită fix în ochii mei cu o privire pătrunzătoare, enigmatică. Deși știu că pozele sunt modificate în Photoshop, privesc îndelung și admir fiecare trăsătură a acestor femei care par a fi creații aproape perfecte ale naturii. Ochi mari, deschiși la culoare, conturați de gene negre încărcate de mascara, buze pline, ușor arcuite, strălucind de *lip gloss* care le dă și mai mult volum, obraji supți, cu pomeți înalți și bărbie ușor ascuțită, fața încadrată de o coamă bogată de păr coafat în onduleuri mari.

„Nuuuuuuuuu!" Am șaisprezece ani și mă uit cu groază în oglinda salonului de coafură. Pentru prima oară mi-am făcut un permanent, iar cea care se uită la mine din oglindă nu sunt eu. Nu mă recunosc. Pare că am capul deformat, cu o claie de bucle mici și subțiri uscate cu foehnul. Trag de bucle, în speranța că se vor alungi și vor rămâne așa. Ele se strâng la loc, ca un zgârci încăpățânat. Mă uit cu disperare la coafeză, implorând-o cu privirea să facă ceva. Să-mi repare părul, să-l facă la loc cum a fost! Ea nu mai contenește cu laudele:

– Vaaaai, ce frumos a ieșit! Ce frumoasă ești, ca o actriță de cinema!

Îmi vine să o strâng de gât, să mătur pe jos cu părul ei tapat. Nu-mi vine să cred ce mi se întâmplă!

Ies valvârtej din salon, cu inima bătându-mi puternic. Îmi pun căciula pe cap și alerg spre casă, plângând. Intru nervoasă în camera mea cu pereții acoperiți de afișe cu actorii și cântăreții mei preferați și mă arunc pe pat, ascunzându-mi capul în pernă. Mă uit în sus la Madonna și la Michael Jackson și mă bușește plânsul. Am vrut să fiu ca ei, dar părul meu arată de parcă a fost curentat. Mi-e groază să mă uit în oglindă. Într-un impuls de moment, mă duc la duș și îmi bag capul sub apă. Lacrimile mi se unesc cu apa care îmi șiroiește în cap. Ies din duș și trag cu ochiul în oglindă. Parcă e mai bine acum. Nu știu cum să fac ca să-mi rămână părul așa, ud și cu buclele alungite.

Bunicul mă aude plângând și intră peste mine. Mă liniștește și îmi spune secretul părului lui lucios și drept: folosește briantină. Apoi vine bunica și îmi spune și ea secretul ei: pulverizează lapte pe tot părul, adaugă și puțină miere, apoi stă cu masca asta pe cap vreo două ore.

A trecut mult timp până când permanentul și-a slăbit efectul. Dar secretele naturiste ale bunicii mi-au fost extrem de folositoare atunci.

Mă uit în continuare la feţele manechinelor din revistă. Ce piele perfectă au... Câte ore am stat eu la cosmeticiene ca să scap de acnee, de coşurile care se încăpăţânau să iasă fix pe obraz sau pe nas, spre marea mea disperare?

Câtă suferinţă am îndurat în perioada pubertăţii şi a adolescenţei, când băieţii începuseră să-mi facă curte, iar eu eram în plin război cu corpul meu, care trecea prin transformări în fiecare zi!

Privesc cu invidie la fetele spectaculoase din reviste. Şi totuşi, sunt convinsă că şi ele au avut tot felul de greutăţi. Viaţa nu poate fi perfectă pentru nimeni. Undeva, cumva, Universul aliniază planetele astfel încât fiecare dintre noi să aibă propriul său loc sub soare.

Îmi ridic privirea din revistă şi dau cu ochii de un bărbat înalt, bine făcut, cu părul uşor ondulat, cu trăsături accentuat masculine şi un zâmbet cuceritor. Uau!

Încerc să nu mă uit insistent, dar el vine spre mine cu mâna întinsă. Surâsul lui mă molipseşte şi îi zâmbesc şi eu.

– *Buona sera, signorina!*

– *Buona sera, signore!*

– Eu sunt Matteo, cred că vom fi colegi de scenă, nu? Sper ca tu să fii aceea pe care trebuia să o întâlnesc în seara asta, altfel am să cad la pat, cu febră mare, din disperarea că te-am pierdut!

Încep să râd, amuzată de frazele lui exagerate.

– *Signore*, cred că ar trebui să vă temperaţi asemenea porniri. Nu cred că duceţi lipsă de admiraţie feminină.

– Ah, când e vorba de o femeie frumoasă ca tine, toate celelalte pălesc și rămân în umbră. Viaţa ne ademenește cu ispite la tot pasul, dar trebuie să știi să deosebești piatra preţioasă de o pietricică obișnuită. Tu ești o femeie frumoasă, știi foarte bine acest lucru și probabil îţi ascuţi chiar acum armele de seducţie. Bietul de mine, ce mă așteaptă...

Îmi dau seama că vom lega o prietenie frumoasă. Matteo e încântător, iar avansurile acestea îmi fac plăcere, nu sunt deloc deplasate, pentru că are un ton elegant. Și mai e și felul în care arată, are o siguranţă de sine care se potrivește perfect cu hainele de firmă pe care le poartă cu nonșalanţă, cu mirosul subtil de parfum și aftershave care îmi ajunge la nări și îmi dă fiori pe șira spinării. Ups...

– Mai așteptăm pe cineva din echipa de organizatori? îl întreb eu ca să intru în subiectul care m-a adus aici, la Roma, și ca să îmi recapăt controlul asupra corpului meu ce reacţionează asemenea unei pisici care adulmecă vânatul.

– Da, dar o să ne vedem cu ei puţin mai târziu. Au considerat că e mai bine să ne întâlnim noi doi înainte, ca să ne cunoaștem și să creăm între noi o chimie ce va exploda pe scenă. Știi, publicul italian e foarte special, e emoţional, pasional, energic, vrea spectacol, iar noi trebuie să-l înfierbântăm, mai ales că e vorba despre un concurs de miss în care vom arăta frumuseţile noastre, italience şi românce. *Roma incontra il Est*.

Dau din cap şi ridic o sprânceană.

– Ce propui să facem?

Se uită la mine, mă măsoară cu privirea de sus până jos, făcându-mă să roşesc. Mă simt uşoară ca un fulg, parcă plutesc în aer. E clar, sunt deja sub vraja lui.

– Cred că ne descurcăm noi cumva. Ar fi păcat să te pun să-ţi schimbi rochia asta încântătoare. Oho, ce-o să mă invidieze italienii când o să-ţi vadă picioarele astea de gazelă pe motorul meu.

Fac ochii mari.

– Ce-ai spus? Pe motor? Care motor? Motor, adică... motocicletă?

Matteo râde. Are un râs molipsitor, mai ales când îşi arată dantura albă-albă, cum au actorii de la Hollywood. Cu siguranţă ştie cum să fie şarmant. Cred că încep să calc pe un teren minat. Uite cine vorbea despre ascuţitul armelor de seducţie...

Ieşim împreună. Se lasă seara peste străzile Romei şi încep să se aprindă luminile. Mă uit în jur şi văd o motocicletă roşie cu argintiu.

– Este o Ducati Monster, îmi spune Matteo cu mândrie în glas.

Se vede că e îndrăgostit de motocicleta lui. Matteo îmi dă casca de protecţie. Uite cum se duce coafura mea, uf!

Matteo încalecă motocicleta şi se uită la mine zâmbind:

– Hai, urcă-te și ia-mă de mijloc.

Mă urc cu greu în spatele lui. Pantofii cu toc de șapte centimetri nu sunt chiar cea mai bună alegere când trebuie să ţii picioarele încordate, încercând să-ţi ferești gleznele de cilindrii încinși prin care ies gazele de eșapament într-un zgomot asurzitor. Și apropierea de el este la fel de încinsă... hm. Îl prind de talie și îmi ţin mâinile încleștate.

– Hei, mai ușor cu strânsoarea, că nu ţi se întâmplă nimic. O să simţi o plăcere nemaipomenită când prindem viteză. Relaxează-te. Poţi să pui capul pe umărul meu dacă te ia cu ameţeală, îmi zice el, simţind probabil că îmi tremură picioarele.

– OK, dă-i bătaie, bravez eu, într-o încercare disperată de a părea curajoasă.

Matteo ambalează de câteva ori motorul, pedalând pe acceleraţie, și ţâșnește cu motocicleta direct pe stradă, luând o curbă la dreapta, spre Piazza di Spagna. Încerc să nu scot nici un sunet, deși inima îmi bate cu putere, simt adrenalina cum îmi izbucnește în sânge și am o senzaţie nebună de plăcere, ca și cum mi-aș lua zborul. Pielea mi se face ca de găină, iar sfârcurile mi se întăresc. Roșesc cumplit la gândul că el simte asta prin rochia subţire pe care o port.

După câteva minute bune în care l-am strâns pe Matteo de mijloc din răsputeri, încep să mă relaxez și să privesc în jur. Roma, în toată splendoarea ei, este fascinant de frumoasă. Trecem pe lângă Colosseum,

Forumul Roman, Bazilica Sf. Petru şi Vatican. Motocicleta goneşte zumzăind pe străduţele înguste, pietruite, pe lângă oamenii care stau la baruri, la cafenele, în piaţetele în mijlocul cărora se înalţă pe socluri statui înconjurate de arbori seculari. Roma este o bijuterie, un oraş romantic în care oamenii sunt extrem de deschişi, de prietenoşi şi de... gălăgioşi. Matteo a avut dreptate. În urma noastră auzim fluierături și exclamaţii: *„Mamma mia, che bella signorina!"*, *„Che belezza!"*, *„Lei è un angelo"*, *„Sei stupenda, meravigliosa"*.

Încep să râd, fericită în toată nebunia asta. Mi se pare că trăiesc o aventură ca-n filme. Mai rămâne să oprească la Fontana di Trevi și să intru în apă, ca Anita Ekberg în *La dolce vita*.

Strig, încercând să acopăr zgomotul motocicletei:

– Matteo, unde mergem? Mai e mult?

– *È una sorpresa*. Lucrurile bune se întâmplă celor care au răbdare. Relaxează-te și bucură-te de Roma, mi-a spus el peste umăr.

Simt mirosul parfumului lui inundându-mi simţurile, așa cum stau cu faţa aproape de gulerul cămășii lui deschise la gât. Îmi vine să-mi strecor palmele în acea deschizătură ca să văd dacă are păr pe piept. Mă abţin cu greu și răsuflu ușurată că el se concentrează la condus. Cu uimire, constat că ne îndepărtăm de centrul Romei și o luăm pe autostradă.

Matteo crește viteza, iar eu mă cuibăresc și mai tare în spatele lui. Vântul bate cu putere și mă face să ţin gura închisă. Părul îmi flutură în toate direcţiile, la fel şi rochia, care s-a desprins de sub coapsele mele şi se desfăşoară în falduri peste şaua motocicletei. Mă gândesc o fracţiune de secundă la ce lenjerie intimă am pus pe mine. Am avut inspiraţia să îmi iau ceva fin şi dantelat de la Victoria's Secret. Îmi închipui cum arătăm amândoi pe motocicletă şi cu cât interes se uită şoferii din maşinile care ne depăşesc. Ei, asta e. Sunt la Roma şi îl ţin în braţe pe Matteo. Ce mai contează ce zice lumea?

După mai mult de o oră, intrăm pe o şosea care se deschide din autostradă. Pe urmă o luăm pe un drum îngust, neasfaltat, acoperit cu piatră măruntă. Se simte mirosul de animale, de drum de ţară, de iarbă, de câmp, dar şi de... mare. Mi se pare mie sau aud zgomotul valurilor?

Matteo încetineşte şi intră pe o străduţă care şerpuieşte printre case construite din piatră, la ferestrele cărora se văd rufe colorate, atârnate pe frânghiile agăţate de la un capăt la altul. Parcă e o sărbătoare cu cămăşi, pantaloni şi rochii pe post de steguleţe.

Înaintăm încet prin satul care pare adormit şi ajungem în piaţeta centrală, unde se înalţă bazilica. Toţi localnicii sunt adunaţi aici, stând de vorbă, îmbrăcaţi în straie de sărbătoare, bărbaţii cu cămăşi albe şi costume negre, femeile în vârstă în rochii negre, iar tinerii în haine colorate.

Toată lumea ne salută, dând din cap. Copii mici încep să alerge după motocicletă, strigând într-un dialect pe care nu-l înţeleg.

Ajungem în fața unui local cu o firmă pe care scrie *Mamma Maria.*

Matteo oprește motorul și își dă jos casca. Are părul ușor ciufulit, iar eu rezist tentației de a-mi trece mâna prin el ca să i-l netezesc. Mă simt foarte bine în prezența lui, de parcă ne cunoaștem de-o viață. E ciudat că mă simt atât de eliberată, fiindcă de obicei sunt încorsetată în tot felul de prejudecăți, îmi controlez reacțiile și încerc să mă comport ca o *lady*. Acum mă simt ca o fetișcană.

Matteo mă ajută să cobor de pe motocicletă.

– Ei? Cum a fost excursia pe motor? Am dat un tur prin toată Roma. Așa se ia pulsul orașului, îmi zice el râzând, cu dinții strălucind în lumina becului din fața cârciumii.

– A fost super! Mi-a plăcut mult. Unde suntem? întreb eu, plăcut impresionată de oamenii care s-au adunat în jurul nostru, zâmbind și salutându-ne cu căldură.

– În Anzio. Este un vechi sat de pescari care se laudă cu una dintre cele mai frumoase plaje din apropierea Romei. Suntem la țărmul Mării Tireniene. Aici este locul unde împăratul Nero și-a construit o vilă superbă pentru zilele când voia să evadeze din Roma. Te-am adus la cea mai tare cârciumă din zonă, unde se gătește ca la mama acasă, mâncare adevărată italienească. Pizza, paste de casă, toate după rețete proprii. Nicăieri nu vei mai gusta așa delicii ca aici, la *Mamma Maria.*

Parcă auzindu-și numele, o bătrână cu fața deschisă într-un zâmbet mare, cu riduri adânci la colțurile ochilor și roșie în obraji, își face apariția în cadrul ușii.

– *Matteoooo, mio figlio, come stai? Vieni, vieni qua, amore mio*, strigă bătrâna spre Matteo.

Ca un copil care a făcut o poznă, el se duce drept în brațele ei și își pune capul pe pieptul mare strâns într-un șorț de bucătărie.

– *Mamma Maria, ti amo*. Am adus o prietenă să ia masa cu noi. Te rog să ai grijă de ea, să o ospătezi cu mâncarea ta delicioasă, dar vezi să nu se îngrașe, Mamma Maria, că vom prezenta împreună un spectacol extraordinar, iar ea trebuie să le eclipseze pe toate femeile de acolo.

Râde și se uită pe furiș la mine.

– Ha, ha, să crezi tu că mă voi abține de la mâncarea italienească, mai ales că e făcută după rețete de casă. Ador tot ce e *made in Italia*.

Se pare că am o slăbiciune și pentru bărbații italieni. Încerc să mă detașez de mirosul parfumului lui Matteo, care are un efect seducător asupra mea.

Intrăm amândoi în cârciuma plină ochi de localnici. Bărbații stau la o masă, jucând table, iar femeile stau la o altă masă și croșetează, vorbind în același timp cu o rapiditate fantastică, cu un ritm melodios, de parcă fiecare își are propria partitură de interpretat.

E o atmosferă caldă, veselă și zgomotoasă. Dar e un zgomot plăcut, de oameni fericiți care știu să-și petreacă viaţa savurând clipa. *Carpe diem*, cum ne îndeamnă poetul latin.

Petrecem împreună cu localnicii şi mâncăm tot ceea ce ne aduce Mamma Maria pe masă. Întâi o selecţie de salamuri. Urmează brânză de capră, mozzarella de vacă şi bivoliţă. Apoi felii subţiri de pizza cu sos de roşii, salami crudo şi funghi porcini. Pe urmă tortellini, farfalle şi fettuccine cu patru feluri de brânză. Apoi a sosit o porţie aburindă de spaghete carbonara. Am încheiat apoteotic cu tiramisu şi panna cotta... toate acestea stropite din belşug cu vin de casă.

Muzica italienească a ridicat lumea în picioare şi am avut parte de un adevărat spectacol de dansuri tradiţionale unde bărbaţi cu femei, femei cu femei, copii cu copii dansau și se veseleau. Am intrat în joc, dansând cu Matteo, apoi cu ceilalţi bărbaţi din crâşmă, fiecare dintre ei vrând să mă ia în braţe și să mă pupe pe obraz. Erau o veselie generală și o fericire regăsită în lucrurile simple.

După ce ne-am bucurat ca niște copii de atmosfera însufleţită, l-am întrebat pe Matteo dacă ne mai întâlnim cu cineva dintre organizatori. Se făcuse târziu şi încă nu vorbiserăm nimic despre concurs.

S-a uitat la mine zâmbind, cu ochii întredeschiși.

– Eu sunt organizatorul. Am vrut să văd cine eşti. Să te cunosc pe tine, femeia, copilul, omul din tine. Dacă îţi spuneam că eu conduc totul, sigur îmi arătai o altă faţă. Eu nu pot lucra decât cu oameni care lasă inhibiţiile şi măştile deoparte. Faptul că tu ai venit aici cu mine, fără să faci pe diva sau pe femeia care nu iese din limitele jobului ei, mi-a arătat că eşti o persoană minunată, deschisă la experienţe noi, comunicativă, eliberată de prejudecăţi, de false pudori. Eşti o artistă, pasionată de tot ce are viaţa mai frumos de oferit. Eşti avidă de cunoaştere şi descoperiri. Mi-am dat seama cine eşti. Te vei descurca de minune pe scenă, alături de mine. Vom face un cuplu minunat. Îi vom înnebuni pe italieni. Ne vor mânca din palmă, *subito*. Şi acum, dacă vrei să mergem cu aventura până la capăt, ai încredere în mine?

Surprinsă de acest om pe care l-am cunoscut doar cu câteva ore înainte, mă uit în ochii lui şi îi răspund scurt:

– Da.

Mă ia de mână şi ieşim din clădirea de piatră. Lăsăm în urma noastră muzica care se aude tot mai încet. Păşim uşor pe drum şi dintr-odată simt nisipul fin sub picioare. Îmi dau jos pantofii și îmi afund tălpile în nisipul cald. Mă ghemuiesc pe vine și iau nisip în mâini, îl răsfir și îl las să-mi alunece printre degete. Simt fiori de plăcere copilărească. Închid ochii și sunt din nou copila care se bucura când făcea castele din nisip.

– Hai, mai avem puţin şi păşim printre stele.

Nu înţeleg ce vrea să-mi spună, dar îl urmez. Am încredere în el. Ajungem la marea care ne cheamă, ademenindu-ne cu ritmul valurilor ce alunecă peste nisip, aducând neîncetat la mal fărâme de povești din adâncurile ei.

Matteo își scoate cămașa, apoi pantalonii. Zâmbetul lui se întrezărește în lumina lunii. Cerul e plin de stele.

– Ai făcut vreodată baie în mare noaptea?

– Nu, n-am îndrăznit până acum și nici n-am mai primit o invitaţie de acest gen.

– Te încumeţi?

Mă uit la el și simt că roșesc. Matteo începe să râdă ușor.

– OK, mă întorc cu spatele. Voi fi un gentleman. Te aștept în mare.

Îl privesc cum se îndreaptă spre apele întunecate, unde valurile își arată spuma albă într-un vârtej ameţitor. Are spatele bine făcut, picioarele drepte și musculoase.

Oftând, îmi spun: „*Carpe diem*. Trăiește clipa! Fă-ţi viaţa extraordinară“.

Îmi las rochia să cadă la picioare. Rămân în lenjerie și mă îndrept spre mare. Intru încet în apa răcoroasă care îmi mângâie trupul. Pielea mi se face ca de găină, dar merg mai departe. Este incredibil cât de limpede e apa! Văd nisipul fin și fiecare piatră. Mă uit spre cer, unde milioane de stele strălucesc hipnotic. Luna e mare, atârnată ca un lampadar gigantic deasupra noastră.

Mă apropii de Matteo și îmi dau seama că nu mai ating fundul de nisip cu picioarele. Marea e liniștită aici. Mă simt ca în zona crepusculară.

– Şi acum, să zburăm printre stele, spune el încet şi începe să dea din mâini şi din picioare în apă, ca şi cum ar executa mişcările unui dans tribal.

În acel moment, parcă s-au aprins stelele în apă. Încep să dansez şi eu şi iată, corpul meu a devenit argintiu, buricele degetelor îmi strălucesc ca nişte stele minuscule, bulele de aer care ajung la suprafaţa apei sunt argintii. Ce se întâmplă?

Matteo râde şi strigă spre mine:

– A prins viaţă marea, suntem în mijlocul Universului. Asta e pentru mine divinitatea!

Planctonul prinsese viaţă, iar noi râdeam ca doi copii fericiţi.

Cercul de Foc

„*Hati-hati*", spune vocea calmă și liniștită. Mă uit cu coada ochiului la Nionasi, o indoneziană trecută de șaizeci de ani, scundă, cu faţa brăzdată de riduri, cu trăsături puternice ca ale statuetelor din lemn: nasul lat cu nările turtite, ochi alungiţi încadraţi de sprâncene rare și părul surprinzător de negru prins într-un coc mare la spate. Mâinile ei, ușor tremurânde, cu oasele subţiri și venele care se întrevăd prin pielea arămie și pergamentoasă, trebăluiesc deasupra aragazului.

Stau cuibărită pe canapea, având în faţă o cană mare de lapte cu cacao și trei felii de pâine tăiate subţire, unse cu unt și cu un strat gros de gem de papaya. Deasupra capului meu, zumzăie în tavan un ventilator cu palete din ratan care încearcă, fără prea mare succes, să ne răcorească. Ușile sunt larg deschise către veranda care dă în grădina luxuriantă. Zumzetul greierilor și strigătele păsărilor ne ţin treze în ziua plină de toropeală. Duc cana cu lapte fierbinte la gură, sorb cu nesaţ și rămân cu caimacul pe buza de sus. O aud pe Nionasi cum scoate un sunet dezaprobator. „Încet, încet", îmi zice ea din nou, în limba ei. Deși nu știe limba engleză și nici o boabă de română, ne înțelegem cumva. Cuvinte și propoziții scurte în bahasa mi s-au întipărit rapid în memorie, ca petele de stilou absorbite de sugativă.

Niciodată nu am răbdare să-mi mestec mâncarea încet, așa cum fac indonezienii. Hăpăi totul repede, ca să mă duc înapoi la joacă. Trag din nou cu coada ochiului la Nionasi. Văd că e ocupată la bucătărie și... hopa! Las cana cu laptele pe masă, sar de pe canapeaua lucrată manual cu împletitură de ratan și alerg în grădină, spre bananierul încărcat cu fructe.

Mă plictisește îngrozitor ideea că trebuie să mănânc, n-am timp să mestec mâncarea, nu mă las impresionată nici de jocul cu avionul care trebuie să intre în garaj, cu fiecare îmbucătură de mâncare lăsându-se așteptată „în aer“, survolând terenul pe vârful furculiței, făcând tot felul de planări, doar-doar se deschide „garajul“, ca să aterizeze într-un final, ajungând la destinație în stomacul meu. Nionasi își dă seama că am fugit, iese după mine și încearcă să mă prindă, dar eu îi fac în ciudă și alerg mai tare, chiar dacă o văd că răsuflă greu și începe să arunce spre mine tot felul de vorbe în limba ei natală, vizibil supărată că nu stau cuminte.

„*Minum susu supaya jadi dewasaaaaa!*“, strigă ea, ținând cana cu lapte într-o mână și o felie de pâine în cealaltă.

Parcă o văd pe bunica mea, spunând aceleași cuvinte: „Bea laptele ca să crești mare!“. Dar eu, la trei ani, alerg cât pot pe picioruşele grăsane, cu rochiţa pătată deja de gem, cu mâna peste gura strânsă cu îndârjire într-o linie perfect dreaptă.

„Nu mai vreau!", îi spun lui Nionasi, aruncându-i vorbele cu obrăznicie. „Nu vreau şi gata! *Aku tidak mau!*"

Indiferent unde mă aflu, comportamentul meu de copil răsfăţat îşi găseşte peste tot victime. Chiar şi în mijlocul unei ţări ca Indonezia, unde am sosit împreună cu mama, alăturându-ne tatălui meu, aflat în prima sa misiune diplomatică. Ne-a aşteptat la aeroport, ţinând în braţe un urs maroniu uriaş, cu o coroniţă formată din trei floricele pe cap. Vizibil interesată doar de urs, nici nu l-am băgat în seama pe tata, care a rămas cu braţele întinse spre mine. I-am luat ursul şi am alergat cu el spre scaunele de aşteptare. Un băieţel asiatic a venit lângă mine, dornic să se joace. În secunda în care a atins ursul, încercând să mi-l ia din braţe, i-am tras peste faţă o palmă care a răsunat în toată sala, iar băieţelul a izbucnit în plâns. Eu plângeam şi mai tare. „E al meeeeeeu!", am urlat, speriată că o să-mi fure cineva ursul, aşa cum îl furasem şi eu din braţele domnului care se uita acum la mine cu ochii mari, surprins probabil de apucăturile acelei fetiţe care era copilul lui. Mama a venit repede lângă mine şi a încercat să mă consoleze. Da, plânsul merge întotdeauna ca şantaj la adulţi. Se simt vinovaţi în vreun fel, nu ştiu de ce şi nici nu-mi pasă. Important este că figura funcţionează de fiecare dată.

Acum o am pe Nionasi la cheremul meu. Femeia asta blândă nu ripostează la năzdrăvăniile mele, se ţine ca o umbră după mine şi îmi face toate poftele. Chiar dacă sunt copil, îmi dau seama că femeia cea scundă, o mână de om, este aici pentru a avea grijă de mine. Profit de acest lucru, strigând la ea, hărţuind-o, rugând-o la nesfârşit să se joace cu mine de-a alergata, de-a v-aţi ascunselea. Am atât de multă energie în mine şi îmi place atât de mult să alerg cu picioarele goale prin iarba tunsă proaspăt de grădinarul nostru, încât scot nişte strigăte ca de pui de tigru. Urlu în sus spre cer, dansez ca indienii, trag de frunzele mari de bananier, încercând să mă dau huţa cu crengile.

Părinţii mei sunt plecaţi la Ambasadă, iar reşedinţa este goală, în afară de noi două şi de grădinar. Este un adevărat paradis pentru mine. Eram obişnuită să mă joc în curtea bunicilor, unde creştea o boltă de viţă de vie din care cobora, legat bine de o bară groasă din metal, un leagăn înalt în care mă dădeam la nesfârşit, spre disperarea bunicii mele. O rugam să-i cheme la noi pe toţi copiii vecinilor, pe care îi obligam să se joace cu mine. Ţipam dacă unul dintre ei voia să meargă acasă. Plângeam când mamele copiilor veneau să-i ia la masă. Ştiam că acesta era semnalul pentru mine de a înceta joaca, de a mânca şi de a dormi după-amiază. Uram acest ritual şi încercam să folosesc toate tertipurile ca să-mi fac programul de joacă după cheful meu.

„*Saya mohon....*“, se aude vocea lui Nionasi în urma mea. „Te rog“, insistă ea să beau laptele. Mă opresc din alergat și mă uit pe sub gene la ea. Întind mâna. Îmi dă cana cu lapte, zâmbind, dezvelindu-și dinții alungiți, unii crăpați. Câțiva dinți îi lipsesc cu totul. Nionasi este o femeie simplă, dar care a reușit să o impresioneze pe mama prin felul ei îngrijit de a se îmbrăca și prin faptul că e foarte curată și pricepută la treburile prin casă. Seamănă puțin cu bunica mea, are aceeași privire blândă și atitudine maternă.

Nionasi are cinci copii și trei nepoți. Familia ei numeroasă trăiește într-un sat aflat la poalele unui vulcan activ, undeva la 180 de kilometri de Jakarta. Cum familia ei are ca sursă de venit doar puținul pe care îl câștigă culegând orez pe plantații, Nionasi a fost nevoită să-și lase familia și să-și caute de lucru în capitală, acolo unde mulți străini cu familii vin să lucreze în corporații sau în ambasade. Așa a ajuns ea la poarta Ambasadei noastre, răspunzând anunțului dat în ziar.

Acum locuiește la noi acasă, într-o cămăruță cu un pat îngust și o masă pe care stă așezată o orhidee cu flori mov cu petale cărnoase. Rădăcinile aeriene ale plantei ies din pământ ca picioarele unei tarantule. Într-o zi m-am furișat în camera ei și i-am cotrobăit printre haine. Are foarte puține, dar sunt toate spălate, călcate și așezate frumos una peste alta în dulapul cu trei rafturi. În afară de câteva bluze în culori uni, toate celelalte haine sunt dintr-un material rigid, cu imprimeuri vopsite manual în culori gingașe, numit *batik.*

Localnicii se îmbracă doar în haine făcute din acest material specific indonezian, iar străzile sunt pline de magazine în care se vând țesăturile cu imprimeuri complicate, desene create cu măiestrie din vopsele naturale înfățișând dragoni, liane și flori din junglă, animale și pești din adâncul mărilor. Indonezienii respectă natura și adeseori aduc zeilor ofrande pentru bunăstare, pentru belșug, pentru hrana cea de toate zilele. Natura rămâne centrul vieții și credințelor lor, chiar dacă îi lovește adesea nemilos, fără nici un avertisment.

Nionasi mă ia cu ea când face piața, iar pentru mine este o adevărată aventură să intru pe coridoarele pline cu fructe exotice, să mă plimb de mână cu ea în mirosul acela puternic de papaya, mango, ranbutan, nucă de cocos, să trag de ea ca să-mi cumpere banane și să primesc câte una în dar de la negustorii care îmi zâmbesc larg cu gurile lor cu buze groase și vineții, dezvelindu-și dantura pătată de tutunul pe care îl mestecă întruna, scuipându-l din când în când pe jos cu o mare precizie, ca la o competiție sportivă. Nionasi se tocmește cu ei în timp ce eu iau o banană și o decojesc încet, fâșie după fâșie, până dezvelesc miezul dulce și mușc din el cu poftă. Mă uit în sus la fructele așezate în piramide multicolore care parcă stau să cadă de fiecare dată când negustorul pune mâna pe câte unul. Mai încolo, într-o larmă de nedescris, bărbați cu pielea ciocolatie, cu picioarele goale ieşind din *sarong*, costumul tradiţional lung ca un cearşaf înfăşurat de jur-împrejur, şi purtând cămăşi din *batik*, îşi prezintă fiecare marfa. Pe tarabe stau una lângă alta grămezi de peşte, condimente, orez, ceaiuri şi câte şi mai câte.

Nionasi pare că se ceartă cu toţi, dacă judeci după vocile lor stridente şi gesticularea în exces. Dar zâmbetele lor şi un fel de plecăciune cu capul înclinat arată contrariul.

Plecăm din piaţă încărcate cu sacoşe pline cu fructe, orez şi peşte. Pe drum, oamenii se uită la mine şi mă întreabă: „*Dari mana?*“, iar eu le răspund sfioasă, ţinând-o strâns pe Nionasi de mână: „*Saya dari România*“. „Ahhhh, Dracuuuulaaaa“, aud exclamaţiile din spatele meu, dar nu pricep ce vor să spună.

Nionasi ne va pregăti o masă cu specific indonezian. Mama încă încearcă să o înveţe cum să gătească mâncare românească, dar Nionasi nu dă semne că ar şti să ne facă mămăligă cu brânză sau sarmale. Aşa că pe masa noastră apar, de fiecare dată, feluri de mâncare indoneziene: *nasi goreng*, orez cu creveţi, legume şi ou prăjite în ulei de palmier, *bakmi goreng*, *noodles* cu legume şi *satay*, frigărui din pui sau creveţi cu sos din unt de arahide.

Îmi place să stau la bucătărie şi să mă uit la Nionasi cum găteşte. În timpul ăsta, ea cântă în balineză şi face mici paşi în jurul mesei, parcă descântând mâncarea.

Părinţii mei au venit între timp de la lucru. Sunt obosiţi, dar ne întâmpină cu un surâs în pragul uşii.

Ne așezăm cu toții la masă și ne lăsăm serviți de Nionasi. Tata a învățat bine bahasa și vorbește cu Nionasi în limba ei. Mama a învățat câteva cuvinte și poate formula propoziții simple. Mie mi se pare totul foarte *funny*, pentru că vocabularul indonezian are cuvinte formate din repetări. *Tidak Apa-Apa* înseamnă „Nu-ți face griji", iar eu credeam că Nionasi vrea să-mi dea apă! Bahasa nu are timpul trecut sau viitor, verbele se folosesc doar la timpul prezent. Nu se face distincție între feminin și masculin, iar cuvintele nu au plural. Mă uit la cei mari și mă amuz copios, râzând cu capul dat pe spate, iar mama se sperie că aș putea să mă înec cu mâncarea din gură.

Sunetul telefonului din biroul tatălui meu ne oprește din vorbă. Tată se ridică de la masă și se duce către birou, lăsând ușa întredeschisă. Începe să vorbească rapid în bahasa. Îl aud cum o strigă pe Nionasi. Ea aleargă fără să facă zgomot pe dușumeaua din bambus. Ajung până la mine vocile lor, vorbind încet. Mama se uită la mine zâmbind și îmi mângâie o șuviță de păr care mi-a căzut peste ochi.

Un zgomot ciudat răzbate de dincolo de ușă, unde se află tata împreună cu Nionasi. Ciulesc urechile și ascult mai atent. Parcă se aude un copil care plânge încet, cu sughițuri. Mama se ridică brusc de la masă și se îndreaptă spre birou. Aud voci din nou, murmurând ceva. Nu știu de ce, dar în secunda următoare încep să plâng și eu. Mama vine înapoi, alarmată.

– Ce s-a întâmplat?

– Nu vreau să plângă Nionasi. Dacă e din cauza mea, spune-i că nu mai fac. O să fiu cuminte, dar să nu plece de la noi. O rog eu mult de tot să nu mă părăsească... spun eu printre lacrimi.

– Nu, nu e din cauza ta. S-a întâmplat ceva groaznic și trebuie să o ajutăm pe Nionasi. Ți-am povestit că ea vine dintr-un sat. Familia ei locuiește chiar la poalele unui munte mare, dar care scoate flăcări uneori. În munte e un vulcan și din el țâșnește focul, așa cum ieșea foc din soba lui mamaia, mai ții minte? Eiii, acum noi trebuie să mergem repede cu Nionasi acasă la ea și să-i salvăm familia, ca să nu se întâmple vreun accident.

– Dar de ce nu închid focul cu un capac, așa cum făcea tataia la sobă? Era o ușiță acolo și flăcările nu mai ieșeau când era închisă, spun eu.

Pentru un copil de câțiva ani, nu există mare diferență între un vulcan și focul din sobă.

– Nu se poate, pentru că e un munte mare și este un fenomen natural, ceva ce nu poate fi controlat de om. O să-ți mai povestesc eu când te faci puțin mai mare, ca să înțelegi. Acum trebuie să o ajutăm pe Nionasi, așa că o să plecăm cu toții cu mașina spre satul ei.

Uau, plecăm într-o aventură! Abia aștept. Deși gândul că vom pleca noaptea la drum mă agită foarte tare, totuși tac și stau cuminte, ascultând vocile părinților mei care se pregătesc de plecare.

– Hai să luăm pături, câteva haine și niște sticle cu apă. Am pus-o pe Nionasi să facă sandvișuri, îl luăm și pe grădinar cu noi și cred că e bine să mai luăm pe cineva de la Ambasadă, ca să ne ajute acolo în caz că avem nevoie să vorbim cu autoritățile, îi spune mama tatălui meu.

– Da, o să mergem cu două mașini, pentru că familia ei e numeroasă și sigur nu încăpem cu toții într-o singură mașină, răspunde tata.

După un timp care mi s-a părut o veșnicie, pornim la drum. Nionasi stă tăcută lângă mine pe bancheta din spate a mașinii. Din când în când suspină și își frământă mâinile în poală. Se uită în întunericul de afară, cu fața lipită de geam. Drumul mi se pare lung și sinuos. Deși e noapte, e trafic și îl aud pe tata cum bombăne încet printre dinți: „Fir-ar să fie, dacă așa e tot până acolo, facem câteva ore bune...“

Nu se știe nimic despre copiii și nepoții lui Nionasi. Doar că vulcanul a erupt și că e foarte mare agitație în zona afectată. Mă uit la Nionasi și îi iau mâna încet într-a mea. Ea se uită la mine și îmi zâmbește ușor. Îmi mângâie mâna și începe să joace un joc cu mine, așa cum face de fiecare dată înainte de culcare. Încep să plâng și vocea mea se aude în liniștea din mașină.

– *Maaf*, Nionasi, *maaf*, îmi pare rău, Nionasi...

După multe ore am ajuns aproape de destinație. Mașini care claxonează stau înțepenite bară la bară, fără a se mai putea mișca nici măcar un centimetru.

Poliţişti mulţi, cu măşti la gură, cu caschetele și uniformele pline de funingine, încearcă să restabilească ordinea în haosul creat de dezlănţuirea vulcanului. Ţipete de copii și urlete de adulţi răzbat până-n spaţiul închis al mașinii. Ţinem geamurile închise ca să nu pătrundă înăuntru mirosul și fumul înecăcios al erupţiei. Vulcanul se întrezărește în depărtare, în întunericul spart de farurile mașinilor și de reflectoarele care au fost îndreptate spre satele afectate.

Un șir lung de oameni care cară câteva lucruri scoase repede din case, trăgând după ei copii și animale, unduiește precum un șarpe în bătaia luminii. La orizont, muntele scuipă flăcări până la cer, din care cad înapoi scântei pe pământul înfierbântat de lava ce se prelinge în jos. Nu a mai rămas nimic din jungla luxuriantă care acoperea muntele. Totul e acoperit și topit de lavă.

Tata își ia inima în dinţi și dă să iasă din mașină. Mama îl oprește punându-i mâna pe braţ.

– Crezi că e bine să ieși așa în aglomeraţia asta? Ai grijă, uite batista asta înmuiată în apă, pune-ţi-o, te rog, peste gură. Ia și ochelarii ăștia ca să-ţi apere ochii de funinginea care cade peste tot. Uite cum e afară, parcă ninge cu fulgi negri... Doamne, ce tragedie! spune mama și începe să plângă.

Lacrimile îi curg pe obraz, dar nu scoate nici un sunet. Eu mă fac mică și mă strâng lângă Nionasi, dar ea îmi dă mâna la o parte și coboară din mașină. O văd cum dispare cu tata în marea de oameni.

Merg încet pe cărarea care trece prin hățișul junglei. În jurul meu văd copacii înalți, cu trunchiuri groase și rădăcini care ies din pământul acoperit de frunzele căzute. De lianele care curg ca niște frânghii atârnate de catargul unui vas stau agățate maimuțe, sărind într-un joc amețitor care mă face să mă uit în sus cu uimire și teamă. Văd ici și colo păsări exotice cu un penaj extraordinar de colorat, scoțând sunete ascuțite și ciudate care se întrepătrund cu țipetele frenetice ale maimuțelor.

Au trecut patruzeci și doi de când am mers pe acest drum. Atunci era noapte, iar cerul era iluminat într-un roșu purpuriu. Acum, totul este calm, liniștit, jungla deasă mă îmbie la meditație, mă uimește cu felul ei de a-și spune povestea renașterii din cenușă. Pe alocuri, mă împiedic de rădăcini bătrâne de copaci care par a fi bucăți de ceramică neagră făcute de mâna omului. Au fost acoperite de lavă și au rămas așa, uitate în timp. Lava s-a solidificat și a transformat lemnul în piatră. La capătul drumului, localnicii vând fragmente de lemn pietrificat. Pe tarabe zăresc bucăți de lavă, rocă vulcanică neagră, vase sculptate din rocă sau din trunchiurile copacilor morți. Pietre cu sulfură cristalizată sunt vândute pe post de obiecte decorative. E același sulf care te poate ameți sau chiar omorî dacă te afli în apropierea vulcanului. Cât de impresionant este cum oamenii uită tragedia, fac pace cu trecutul și caută să-și facă un viitor din rămășițele acelui trecut! Cum reușesc natura și omul să supraviețuiască și să renască, căutând resurse pentru a da naștere la alte și alte generații...

Mergând la pas cu alți turiști, mă uit în urmă și văd o femeie călcând apăsat pe drumul bătătorit ce ne duce spre ochiul vulcanului care este încă activ. Ușor plinuță, are pielea albă și părul roșcat, ochii deschiși la culoare și tenul plin de pistrui. Pare să aibă vreo cincizeci de ani, e îmbrăcată sport într-o pereche de blugi suflecați și o cămașă largă, poartă o pălărie cu boruri largi și are un rucsac în spate, iar ochii îi sunt acoperiți de ochelari de soare cu rame groase alungite. Are pantofi sport în picioare și pare *a typical American woman*. Am văzut-o încă de la începutul excursiei, când a sosit autocarul în parcarea parcului național. A venit împreună cu un grup de turiști, dar dintre toți doar ea mi-a atras atenția. Deslușesc pe chipul ei o tristețe inefabilă, colțurile gurii îi sunt ușor lăsate în jos și nu schițează nici un zâmbet. S-a desprins de grupul gălăgios și merge cu capul în jos, pășind automat, sprijinindu-se într-un baston. Nu se uită deloc în sus, nu se bucură de sunetele naturii, de frumusețea peisajului luxuriant. Încetinesc pasul și las grupul de turiști s-o ia înainte.

Femeia duce mâna la buzunarul de la blugi și își scoate telefonul. „M-aș mira să poată da vreun telefon de aici. Eu am încercat și nu am semnal deloc", îmi spun în sinea mea.

Gestul ei mă intrigă și o urmăresc cu atenție. Se uită pe ecranul telefonului și caută ceva. Pune telefonul pe speaker și aud o voce feminină: „*Hi, mom*, sunt atât de fericită, am ajuns cu bine în Aceh și vreau să-ți spun că este supeeeerb aici. E ca în Paradis, mamă. Nu înțeleg de ce nu ai vrut să vii cu mine și cu Ben. Copiilor le e dor de tine". Acum se aud și voci de copii, strigând: „*Granny Fanny, granny Fanny, we miss you, we love you!*". „*Mom*, te mai sunăm, stai liniștită că suntem OK!", mai spune vocea femeii, cu inflexiuni plăcute și cu un ton de fericire pură. „*I love you, mom*, să nu uiți asta niciodată."

Când aude asta, un surâs apare pe chipul femeii. Se oprește și se clatină ușor. Mă duc spre ea, îngrijorată.

– Sunteți okay? Vă ajut cu ceva? Sprijiniți-vă de mine, vă rog. Vreți puțină apă?

Femeia își ridică privirea din pământ și se uită la mine, surprinsă.

– Nu, nu, sunt okay. Am avut așa, o ușoară amețeală. Mulțumesc frumos… Nu v-am văzut. Erați împreună cu cei din grup?

– Da, dar am rămas în urmă pentru că voiam să ascult sunetele junglei. Știți, cei din grupul cu care ați venit dumneavoastră făceau cam multă gălăgie, spun eu, surâzând ușor.

– Da, așa e. Și eu vreau să fiu singură, să rămân doar eu cu gândurile mele. Dar dumneavoastră cum de sunteți singură? Nu ați venit cu cineva?

– Nu, am preferat să fac călătoria asta singură. Vedeţi dumneavoastră, eu am mai fost aici când aveam vreo trei ani. Am venit cu părinţii mei, care erau în Indonezia în misiune diplomatică şi, când a erupt vulcanul, s-a nimerit să fim aici.

– Îmi pare nespus de rău, sper că părinţii dumneavoastră sunt okay!

– Oh, da, nu s-a întâmplat nimic rău atunci. Am ajutat-o pe dădaca mea, i-am salvat familia care locuia în satul unde am parcat noi maşinile. Acum e un sat-fantomă, aţi văzut. În noaptea în care a erupt vulcanul, am venit cu maşinile şi cu ajutoare şi am reuşit să-i găsim familia şi să-i urcăm pe toţi în maşini. I-am luat la noi acasă până când s-a stins vulcanul şi guvernul le-a oferit bani ca să îşi construiască o mică locuinţă în altă parte.

– Cred că asta a lăsat o impresie foarte puternică în mintea dumneavoastră de copil, spune femeia, vădit mişcată.

– A fost ca şi cum în noaptea aceea mintea mea de copil s-ar fi maturizat într-o clipă, îi răspund eu, brusc conştientă de acest adevăr pe care îl exprimam pentru prima dată.

– Da, noi nu ne dăm seama cât de mult înţeleg copiii. Şi eu am copii, sunt mari, au la rândul lor copii...

– N-am vrut să trag cu urechea, dar am auzit mesajul de la... presupun că este fiica dumneavoastră.

Femeia tace, mergând încet la pas cu mine. Eu nu mai spun nimic, doar foşnetul frunzelor groase care acoperă pământul se aude sub tălpile noastre.

În depărtare se aud glasurile vesele ale grupului, minunându-se de exotismul locului.

Tresar când îi aud vocea clară lângă mine.

– Da, am avut o fată. O chema Elizabeth. Era măritată şi avea doi copii frumoşi. Mary şi Steven, fetiţa de şapte, băieţelul de trei ani. Au plecat în vacanţă, toată familia... în Indonezia. În 2004 s-a întâmplat. Au ales să meargă în Aceh...

Mi se face pielea de găină. Este extrem de cald, chiar dacă suntem la adăpost de soare sub hăţişul des al junglei, dar simt că mă ia cu frisoane. Mă uit la ea şi îi văd durerea din ochi. Înţeleg că nu au supravieţuit.

Tac. Nu e nimic de spus care ar putea să aline durerea din sufletul acestei mame. Nu îndrăznesc să-i spun că eu am venit acum în Indonezia pentru că am organizat un eveniment în Jakarta pentru Corpul Diplomatic, tatăl meu fiind ambasadorul României în această perioadă în Indonezia. Ţara noastră a dat bani pe căi oficiale şi românii au făcut donaţii publice pentru a veni în ajutorul supravieţuitorilor după tsunami. Chiar în zona Aceh o parte din aceşti bani va fi folosită pentru reconstruirea unei şcoli care a fost înghiţită de apele devastatoare. Viaţa îşi reia cursul firesc, iar copiii băştinaşi nu au posibilitatea de a-şi continua studiile decât dacă li se va ridica o altă şcoală.

– Ei sunt acum cu mine, știți? Am urât tot ceea ce înseamnă zona asta, i-am blamat pe cei care ar fi trebuit să dea alarma, să fi luat toate precauțiile ca să nu se întâmple o astfel de catastrofă. Am plâns, mi-am frânt mâinile, am încercat chiar să-mi iau viața înghițind un pumn de pastile, dar m-a găsit la timp soțul meu și dragostea lui m-a făcut să lupt, să-mi recapăt curajul de a înfrunta durerea și viața care mi se pare fără sens. Mi-am pus de milioane de ori o mulțime de întrebări: De ce nu m-am dus cu ei, atunci când m-au rugat să vin? De ce trăiesc eu, când ar trebui să trăiască ei? De ce nu m-a luat moartea pe mine, ci pe ei? Cel mai cumplit lucru este să supraviețuiești unuia dintre copiii tăi...

Începe să plângă, iar eu o iau de după umeri. Nu știu ce să fac ca să o liniștesc, dar o înțeleg perfect.

– Ați spus că sunt aici, cu dumneavoastră. Cu siguranță sunt în suflet și vor fi întotdeauna, spun eu, în speranța că asta o va liniști.

– Nu, vreau să spun că sunt chiar aici cu mine. În rucsac am o urnă în care sunt rămășițele lor. În urma excavațiilor, le-au găsit trupurile. Erau cu toții în camera de hotel... I-a prins apa când dormeau, probabil, și clădirea hotelului s-a prăbușit peste ei. Am vrut să fac această călătorie pentru că ei și-au dorit atunci să mergem împreună. Am vrut să le îndeplinesc dorința și sper să găsesc alinarea de care am nevoie ca să merg mai departe în viață. Culmea este că fiica mea era cercetător geolog şi iubea vulcanii. Îmi spunea adesea că vulcanii sunt, de fapt, valvele pământului, prin ei ţâşneşte sângele planetei, prin ei ne dăm seama că planeta este vie, că întregul ei nucleu care arde neîncetat ne ţine pe noi în viaţă. Vă daţi seama, ceea ce iubea ea cu adevărat a omorât-o. Acum vreau să arunc cenuşa lor în vulcan, să ajungă până-n miezul pământului...

Mă uit cu admiraţie la această femeie chinuită de cele mai cumplite gânduri. Forţa naturii nu a învins forţa dragostei, a determinării de a supravieţui, de a merge mai departe. Sufletul, oricât de chinuit ar fi, are puterea de a se repara. E nevoie de timp şi de dragostea celor din jur, dar şi de credinţa care vine din interior.

O iau de braţ pe această femeie şi păşim împreună prin mijlocul naturii. E o fiinţă care a renăscut, chiar dacă a fost la un pas de a renunţa la propria-i viaţă. Totul renaşte dacă sufletul mai poate fi animat de dragoste, de credinţă, de speranţă.

Când ieşim din hăţişul junglei, simţim iarăşi mirosul de sulf, iar gazele care ţâşnesc din crăpăturile pământului sâsâie precum şerpii care stau încolăciţi în copaci. Apa fierbinte clocoteşte în găurile împietrite. E o atracţie pentru turiştii care se minunează de acest fenomen al naturii. Băştinaşii ne oferă câte-un ibric cu mânerul lung în care stă cuminte un ou, aşteptând să fiarbă în apa sulfuroasă care bolboroseşte la suprafaţă.

Ne oprim amândouă la marginea craterului care pare învăluit într-o ceaţă deasă, încremenite într-o admiraţie fără limite faţă de spectacolul naturii. Mă simt mică, neînsemnată. Am sentimentul că o forţă neînţeleasă, extrem de puternică, ne aruncă pe noi, oamenii, în vâltoarea vieţii, ne rostogoleşte în caruselul destinului care se poate schimba de la o clipă la alta. Nu ştim ce ne aşteaptă, doar că trebuie să ne ţinem strâns cu mâinile de locul nostru.

Zbor deasupra unui cuib de nori

Îmi deschid geanta a mia oară și îmi verific pașaportul, portofelul cu carduri, banii și biletul de avion. În buzunarul mare cu fermoar auriu al genții Prada Saffiano Double Bag, ultima mea achiziție descoperită într-un magazin cu accesorii *vintage* din Milano, am băgat în țipla transparentă kit-ul de călătorie care conține o cremă de ochi, masca antistres, pasta și periuța de dinți, un ruj, o mascara, un mini-fond de ten. În celălalt buzunar al genții am iPhone-ul, căștile, guma de mestecat Orbit Ice pe care o car peste tot cu mine și de care am mare nevoie pentru a nu mi se înfunda urechile din cauza presiunii din avion la decolare. Și, pentru că geanta mea, ca a oricărei femei, e ca un sac fără fund, au mai încăput în ea parfumul Lancôme *La vie est belle*, o cremă de mâini, șervețele umede, niște bomboane mentolate, un tricou de schimb și șosete pe care am să le port în timpul zborului, pentru că mi se umflă picioarele în pantofi de la atâta stat pe loc. Mai am și o pereche de ochelari Miu Miu, cu rame mari și pătrate, restul ochelarilor, șase perechi la număr, aflându-se în valiza de cală. Credeţi că am terminat? O carte pe care mi-am cumpărat-o în Capri şi pe care nu am avut încă timp să o citesc, *The Story of San Michele* de Axel Munthe, parcă aşteaptă s-o deschid. Îmi place foarte mult să mă relaxez pe locul meu de la business class, citind o carte bună şi savurând un vin roşu sec sau un prosecco rece. Întotdeauna mi-au plăcut călătoriile cu avionul, nu mă deranjează zborurile lungi decât dacă serviciile şi confortul nu sunt pe măsura aşteptărilor.

Nu sunt foarte pretenţioasă, adică nu poate nimeni să spună despre mine că aş avea aere de divă, dimpotrivă. Îmi aştept mereu rândul ca să ajung la locul meu, fără să-l îmbrâncesc pe cel din faţă, fără să-l admonestez pe cel care nu ştie în ce compartiment să-şi pună bagajul. Le zâmbesc celor care stau deja pe locuri şi se uită la mine cu o privire ciudată, de parcă aş fi greşit avionul. Întotdeauna când îmi fac *check-in* îmi aleg locul de le fereastră. Îmi place să îmi sprijin capul pe marginea ochiului de geam transparent care îmi lasă privirea să se desfete cu albastrul cerului contrastând cu albul ca de pânză de păianjen al norilor.

Acum aştept în aeroport anunţul despre îmbarcarea cu destinaţia Londra. Mai am ceva de aşteptat. Am obiceiul să sosesc cu cel puţin două ore înainte, ca să mă pot plimba prin magazinele *duty-free*, mirosind noile parfumuri apărute, testând diverse cosmetice şi făcând mici cumpărături. Mă aşez apoi la o masă aflată cât se poate de aproape de geamul mare ce dă spre pistă, bucurându-mă ca un copil de priveliştea avioanelor care aterizează ca nişte păsări mari, într-un zbor maiestuos, cu aripile întinse şi coada semeaţă ridicată în aer. Zgomotul motoarelor ambalate îmi dă fiori pe spate. Cred că mi-ar fi plăcut să fiu stewardesă, să zbor tot timpul deasupra norilor, să trec dintr-o ţară-n alta şi să întâlnesc oameni cu tot felul de poveşti de viaţă... Dacă stau să mă gândesc bine, pot să declar, într-un exces de sinceritate, că mi-ar plăcea inclusiv să trăiesc începutul unei aventuri înfiripate în aer.

Amestec zahărul brun în ceaşca mare cu cafea cu lapte. Sorb uşor din ea, uitându-mă peste rama ochelarilor de vedere la lumea din jur. Îmi place să observ gesturile oamenilor, cum sunt îmbrăcaţi, ce citesc, cum îşi omoară timpul înainte să se îmbarce spre destinaţiile lor. Mă uit cu atenţie la feţele unora, încercând să le ghicesc vârsta, ocupaţia, comportamentul, gândurile. Unele figuri mi se par familiare. Privirile mi se opresc asupra chipului unui bărbat pe care am impresia că l-am cunoscut cândva, dar poate că mintea şi ochii îmi joacă feste.

Geanta, alături de câteva pungi cu cumpărăturile făcute în aeroport, stă pe scaunul de lângă mine. Îmi cobor privirea spre cana cu cafea fierbinte şi mişc linguriţa în cercuri mici, cu un aer absent. Mă gândesc la tot ceea ce mi s-a întâmplat în ultimii doi ani. Câte lucruri s-au schimbat, în special cele despre care nu m-aş fi gândit vreodată că se vor schimba. Am primit o lecţie de la viaţă pe care am învăţat-o *the hard way*. Dar se spune că orice şut în fund e un pas înainte. Nu sunt genul de persoană care să se uite cu regret în urmă. Ce-a fost a fost. Ce va fi, asta este important. Am învăţat să nu mai calculez fiecare pas pe care îl fac. Merg pe intuiţie, pe primul impuls, pe alegerea de moment. Am învăţat de-a lungul vieţii că orice subiect de discuţii e înlocuit cu altul după numai o zi, aşa că nu mă mai cramponez de ce zice sau crede lumea. Am mai învăţat că nu trebuie să-ţi consumi viaţa făcând ceva ce nu-ţi place doar pentru că tu crezi că le place altora. Am învăţat că timpul este valoros, aşa că acum preţuiesc clipa. Şi am mai învăţat că după fiecare avion care decolează altul aterizează în locul lui…

Ies din reverie auzind vocea care anunţă îmbarcarea cu destinaţia Londra.

Mai sorb o gură de cafea, mă ridic de la masă, îmi iau geanta şi pungile cu cumpărăturile de la *duty-free*, ridic mânerul *trolley*-ului şi-l înclin pe cele două roţi din faţă, pornind spre poarta de îmbarcare. „E ceva lume care pleacă la Londra. Pesemne că preţurile promoţionale la această cursă i-au îndemnat pe mulţi să meargă într-un *city break*. Eu abia aştept să mă plimb pe Oxford Street, să iau la rând magazinele şi să intru în Harrods pentru o porţie de *window shopping*. Cine ştie, poate găsesc şi vreo pereche de pantofi la *sales*, suntem în perioada aceea a anului", mă gândesc cu o uşoară euforie, uitându-mă în jur la pasagerii care au format deja o coadă şerpuită, ajungând până-n coridorul central. Clic, clic, se aude sunetul constant făcut de controlorul care verifică biletele. Le rupe şi le înmânează pasagerilor doar o bucăţică pe care e printat numărul locului din avion.

Mă aşez în spatele unui cuplu gălăgios care încearcă să-şi ţină în frâu copiii. Aştept liniştită să înainteze coada. Zâmbesc pentru că mi-a venit în minte imaginea unor pinguini care merg legănându-se... exact aşa părem noi acum, aşa cum mergem încet. Împingem cu piciorul bagajele, vorbind în acelaşi timp şi scoţând biletul pentru control. Se simte nerăbdarea în aer. Emoţia plecării ne cuprinde şi ne face să schimbăm amabilităţi unii cu alţii. Un domn îmi zâmbeşte şi îmi face un semn galant să trec în faţa lui. Îi mulţumesc politicos, întorcându-i zâmbetul. Clic, clic, se aude întruna sunetul. Ajung în faţa controlorului, îi dau biletul şi paşaportul. Fără să îşi ridice privirea, îmi scanează *boarding pass*-ul şi deschide paşaportul. Nimereşte din greşeală la pagina cu viza de America, pe spatele căreia se află viza de Rusia. Se uită la mine şi zâmbeşte, amuzat probabil de destinaţiile atât de diferite.

Zâmbesc şi eu, ridicând din umeri într-un gest care parcă vrea să spună: „*What do you know, the world is full of surprises*".

Merg prin burduful care face legătura cu avionul. Zăresc prin hublou piloţii care par ocupaţi cu verificarea comenzilor de zbor. La intrarea în avion ne aşteaptă stewarzii, un bărbat şi o femeie, salutându-ne cu zâmbete profesioniste.

– Bună ziua. Bine aţi venit la bordul navei British Airways.

Le zâmbesc şi îi rog să mă ajute cu bagajele, fiindcă am mâinile încărcate cu pungile de la *duty-free*. Râd, uşor jenată:

– Am prieteni la Londra. Ştiţi cum e, trebuie să mergi cu cadouri...

Sper să nu roşesc prea tare din cauza minciunilor pe care le spun. Cadourile sunt de la mine pentru... mine. Am profitat de preţul fără TVA şi mi-am cumpărat parfum şi cosmetice. Ah, da, şi o pereche de ochelari, dar asta nu mai ştie nimeni, okay?

Mă strecor pe locul meu de la geam, îmi pun centura şi bag geanta sub scaunul din faţă. Îmi ajustez spătarul scaunului şi mă aşez mai bine în el. Îmi descalţ pantofii şi îi pun lângă geantă. Scot şosetele şi mi le pun în picioare. Pare un ritual comic, e ca o secvenţă dintr-un film cu Mr. Bean, dar, repet, am trecut de faza în care să-mi mai pese de ce zice lumea. Confortul meu are întâietate!

Trag cu coada ochiului la pasagerii care încă înaintează spre locurile din spatele avionului. Am noroc că mi-am luat bilet la business class. Costă mai mult, dar am confort sporit, plus că beneficiez şi de alte servicii. Un meniu mult mai bun şi băutură la discreţie. Mi se dau căşti pentru filme şi muzică, pături şi perniţe. Nu vreau să par snoabă, dar un zbor plăcut cu avionul îţi dă senzaţia că ai pornit cu dreptul în călătorie.

Mă tot uit spre locul de lângă mine. Încă nu s-a aşezat nimeni pe el. Oare să fiu atât de norocoasă încât să rămână liber? În timpul zborului aş putea să ridic mânerul scaunului şi să mă întind pe două locuri. Ce bine m-aş simţi!

Parcă pentru a-mi face în ciudă, o femeie corpolentă (asta ca să fiu drăguţă, deşi cred că are peste 100 de kilograme), îmbrăcată într-un pulover roz și o fustă strâmtă care i se ridică peste genunchi, purtând sandale ce lasă la vedere o pedichiură roz-bombon, se uită la numărul locului și exclamă:

– Ia te uită, ce loc bun mi-a găsit secretarul meu! Să nu uit să-i dau o primă când mă întorc acasă. Ce m-aş face fără el? Ha, ha, ha, hi, hi, hi. O să stau lângă dumneavoastră. Încântată de cunoştinţă, eu sunt doamna Prepeliţă. Senator Evelina Prepeliţă.

Îi zâmbesc uşor şi mă prefac interesată de persoana ei. Femeia are o coafură care este probabil copiată perfect după cea a şefei ei de partid. Are părul blond platinat, cu vârfurile aduse înăuntru în bucle tapate şi fixate extra-strong, ochii rimelaţi şi alungiţi cu tuş negru tras în linii groase, terminate cu cozi ca nişte virguliţe care dau feţei ei o expresie de uşoară mirare. Sprâncenele tatuate contrastează supărător cu buzele date cu un ruj roşu strident.

– Sunt senatoare şi mă duc la o conferinţă pe tema turismului sustenabil. Susţin un proiect scris după ideile mele, ha, ha, e adevărat că mi l-au scris nişte copii care îşi fac doctoratul la Facultatea de Ştiinţe Politice, dar ideile, doamnă, sunt ale mele. Iar ei să zică mersi că i-am luat la cabinetul meu. Numai aşa învaţă meserie. De la profesionişti!

„Îmi vine să urlu. Cum de-am nimerit eu lângă femeia asta?", mă gândesc și zâmbesc forţat, uitându-mă la ea cu o privire care nu lasă să se vadă nimic. „Și, pe deasupra, mă înghesuie cu cotul peste scaun."

– Ha, ha, ştiţi, acum noi suntem la putere, dar suntem oameni foarte bine pregătiţi profesional și vrem să orientăm economia spre orizonturi noi, să fie bine pentru toată lumea. Noi nu lăsăm pe nimeni în urmă, turuie ea în continuare.

– Mă bucur să aud asta, îi declar cu jumătate de gură.

„E clar, trebuie să-mi scot repede cartea și să-mi bag nasul în ea. Altfel, nu mai termin discuţia cu doamna asta", îmi spun în sinea mea.

Stewardesa trece pe lângă noi. E colacul meu de salvare!

– Scuzaţi-mă, vă rog, se poate să-mi aduceţi un pahar cu vin roșu?

– Sigur că da. După ce decolăm revin imediat, îmi răspunde ea pe un ton plăcut.

Încerc să pun capăt conversaţiei, prefăcându-mă interesată de ceea ce văd prin geam. Avionul a pornit și e deja pe pistă. Își turează motoarele, iar zgomotul devine asurzitor. Femeia de lângă mine tace câteva secunde și începe să scotocească după ceva în geantă.

– Ia uite, cred că mi-am uitat ochelarii de vedere. Cum o să citesc prezentarea proiectului meu? Of, așa e cu copiii ăștia. Trebuia să-mi aducă aminte! Și era cât p-aci să-i dau o primă. Mai are de așteptat! spune ea înciudată.

În mintea mea dau drumul unui țipăt de disperare, în timp ce fața mea nu exprimă nimic. Încerc să mă concentrez pe momentul în care avionul se ridică în zbor, lăsând în urmă aeroportul, casele și mașinile care se văd din ce în ce mai mici, ajungând la mărimea unor furnici. Jos se vede pământul ca o cuvertură cu petice în mai multe culori: un dreptunghi cafeniu, un pâlc de pădure verde, un oraș gri sau albăstrui. Carpații apar la orizont, cu alb pe vârfurile semețe. Intrăm în nori și iarăși mă încearcă pofta de vată de zahăr. Când eram mică, mă fascina felul în care vălătucul se făcea din ce în ce mai mare pe bățul învârtit continuu de vânzător de jur-împrejurul cazanului cu zahăr topit. Materia dulce, care semăna atât de tare cu norii, căpăta forma unui vârtej în miniatură.

Contemplu frumusețea norilor, vrăjită de tabloul pe care o mână nevăzută îl pictează în fața ochilor mei. Un tablou viu, care-și schimbă culorile și formele de la o clipă la alta. Iată! Nori pufoși, nori deși, nori întinși ca o pătură de blană, nori străpunși de razele soarelui, nori care formează o mare numai valuri. E sublim acest tablou. În această clipă, când zbor deasupra norilor, mi se pare că sunt una cu cerul.

– Și cum vă spuneam, acest proiect are la bază ideea că turismul în ţara noastră are o importanţă strategică pentru economia noastră și pentru bunăstarea oamenilor care trăiesc în zonele rurale. Plus, dăm un *boost* micilor afaceri și antreprenoriatului tânăr. Pe timpurile... alea, știţi dumneavoastră, oamenii plecau de la sat la oraș, acum e momentul să se ducă înapoi la sat, să păstreze tradiţiile și să își facă un rost acolo. Străinii vin la noi exact pentru asta. Pentru că nu suntem înghiţiţi de globalizare, nu suntem sclavii comerţului agresiv, ai consumerismului exagerat. Încă păstrăm puritatea și frumuseţea naturală. În plus, nu ne convine că tinerii pleacă din ţară și își găsesc rostul pe la alţii. Nu mai sunt patrioţi, nu își mai iubesc ţara. Uitaţi-vă aici, în avion. Păi, cred că 60 la sută dintre ei se duc să muncească în Anglia! continuă senatoarea pe un ton ferm.

Nu știu de ce, dar îmi lasă impresia că își repetă discursul. Închid ochii și încerc să o ascult cu o singură ureche. Poate, dacă vede că am închis ochii, va pricepe că vreau să dorm. Dacă îmi scot căștile sau masca antistres, se va simţi jignită? Iarăși îmi pasă de ce zic alţii...

Stewardesa a uitat să-mi aducă paharul cu vin roșu. Încerc să îi prind privirea, dar este ocupată cu un pasager care pare să aibă un atac de panică. Uf, nu mai pot sta pe locul ăsta. Simt că mă sufoc. Îmi scot șosetele și îmi pun din nou pantofii. Mă uit cu subînţeles la vecina mea de scaun şi o rog să mă lase să ies pe culoar.

– Sigur că da, vă fac loc. Ha, ha, noi, femeile, ştim cum e treaba cu toaleta. Ne mai pudrăm puţin nasul, mai dăm cu un pic de parfum, ne mai uităm în oglindă. Pe când bărbaţii... toc, poc, şi-au făcut treaba şi gata. Ferice de ei! Nu m-a făcut mama pe mine bărbat... păi, ce forţă aş fi avut eu astăzi ca senator şi cum m-aş mai fi jucat eu cu ei... uite aşa şi aşa, pe toate feţele i-aş fi ars, ca pe pârjoalele pe care mi le făcea bunica când mă duceam la ea la ţară. Hi, hi, hi.

Mă uit la femeia asta şi nu-mi vine să cred ce aud. Îi zâmbesc, dau din cap ca şi când aş aproba-o şi o zbughesc pe culoar, în direcţia toaletei. Problema e că cea din faţa avionului este ocupată de pasagerul panicat, aşa că sunt nevoită să traversez tot avionul până la toaleta din spate. Lucru pe care-l detest, fiindcă mi se pare că toată lumea îşi ridică privirea spre mine, bănuind ce voi face în toaletă. Mă apucă o ruşine de parcă nu am fi toţi la fel, cu aceleaşi nevoi fiziologice. Mi-am luat kitul de călătorie cu mine şi îl ţin la piept, într-o atitudine uşor defensivă.

Ţin capul în jos, prefăcându-mă că sunt atentă la culoar ca să nu ating în trecere pasagerii de pe locurile din margine.

– Dana? aud o voce pronunţându-mi numele.

Mă uit în direcţia vocii şi ochii mei întâlnesc privirea unui bărbat care mi se pare vag cunoscut. Îmi aduce aminte de cineva... Dar trăsăturile sunt îmbătrânite, ochii au riduri fine, gura este încadrată de două linii adâncite ca niște paranteze rotunde, trupul înalt este încă zvelt, dar pare ceva mai greoi, iar fața, odinioară ascuțită și cu maxilarul ferm, este acum mai plină și încadrată de o barbă nerasă de câteva zile. El este, oare? Îmi zâmbește și da, acum l-am recunoscut. Zâmbetul i-a luminat ochii, iar privirea aceasta nu am cum să o uit. El este.

O iubire neîncepută. Neîndrăznită. Nevorbită. Roșesc ușor la gândul că l-am iubit în secret când eram doar o copilă, în primul an de liceu.

Era unul dintre băieții cei mai populari. Toate fetele visau să fie cu el, așa că nici nu mi-a trecut prin minte că aș putea avea o șansă ca el să mă bage în seamă. Era cu trei ani mai mare decât mine, iar eu stăteam mereu cu ochii în pământ, mai ales când treceau pe lângă mine „cei de-a doișpea".

– Bună! Nu-mi vine să cred că te întâlnesc aici. Ce faci? spun și îi zâmbesc gingaș, scoțând în mod inconștient la iveală arsenalul de seducție.

Același sentiment de stânjeneală amestecat cu fluturi în stomac mă cuprinde și nu înțeleg de ce, având în vedere că sunt o femeie matură acum.

– M-am gândit eu că ești tu, dar nu eram sigur. Te-am văzut în aeroport, când te uitai pe geam, la cafenea. N-am îndrăznit să te deranjez, dar speram atât de mult să fii tu, a spus el.

– Ah, da, uneori intru într-o reverie când sunt singură şi mai ales când mă aflu la aeroport, dar trebuia să mă abordezi. Ar fi fost o mega-surpriză, îi zic eu simţindu-mi obrajii aprinşi.

Toată lumea din jur se uită la noi, iar eu mă fac mică și încerc să-mi ascund faţa după părul lung cu şuviţe rebele.

– Uite, ia loc, te rog, lângă mine. Știu că eşti la business class, dar aş vrea foarte mult să aflu totul despre tine, cum e viaţa ta acum, şi mi-ar plăcea să fii partenera mea de călătorie. Ce zici?

Mă uit surprinsă la el. Nu-mi vine să cred. El mă invită să vorbim? Ce n-aş fi dat să aud vorbele astea de la el acum... câţi ani să fi trecut?

– Okay, hai că stau puţin. Câţi ani sunt de când nu ne-am văzut? Nu mai ţin minte cu exactitate.

– Au trecut aproape treizeci de ani, spune el în şoaptă.

Pufnim în râs amândoi.

– Aoleu, ce bătrână sunt, fac eu pe modesta, aşteptând un compliment de la el.

– Tu? Nicidecum. Ești parcă mai frumoasă decât îmi amintesc. E drept, când am terminat eu liceul, tu abia treceai într-a zecea. Te-am prins doar un an, dar a fost de ajuns...

– Ce vrei să spui? râd eu, uşor forţat.

– Păi, eu înnebuneam că nu aveam același program. Mai ţii minte că tu intrai dimineaţa la ore și eu intram la două după-amiaza, când tu plecai de la școală? Întotdeauna eram în contratimp. Și eu veneam la școală cu o oră înainte doar ca să te prind într-o pauză. Mama era disperată, pentru că lăsam baltă meditațiile ca să ajung la școală mai repede.

Inima îmi bate cu putere.

„Poftiiiim, ce-mi aud urechile?", îmi spun în sinea mea. Nu-mi vine să cred.

– Wow, habar nu aveam că veneai ca să mă vezi pe mine. Sincer, eu te vedeam ca un băiat arogant, sigur pe el, și erai tot timpul înconjurat de fete frumoase, de cele mai mari dintr-a unșpea, iar eu eram boboacă. Voi nu ne băgați deloc în seamă... îi răspund eu uimită.

– Mai ții minte firul de trandafir pe care îl găseai la poarta casei tale? În fiecare dimineață mergeam la piața de flori, cumpăram un trandafir și ți-l lăsam în poartă.

– Tu erai? Și eu care credeam că era colegul meu de bancă... care mi-a declarat dragoste eternă. E adevărat că adesea copia după mine la lucrările de control, în special la engleză, iar eu întotdeauna l-am bănuit că mă lingușește ca să ia note mai mari, căci era cam leneș și certat cu învățătura. Și când i-am mulțumit de câteva ori pentru flori, mi-a răspuns că a fost plăcerea lui.

– Of, nenorocitul! Nu am îndrăznit să te abordez. Îmi era teamă c-o să mă refuzi. E adevărat că și colegii mei știau că te plac și făceau glume pe seama mea. De aceea, de multe ori, poate păream arogant, pentru că mă blocam când te vedeam. Eram cu ei în gașcă și atunci bravam. Te ignoram ca să nu râdă ei de mine. Cât de tâmpit am fost! Tânăr și fraier. Ar fi trebuit să nu-mi pese de părerea celor din jur și să acționez după cum îmi dicta inima. Trandafirii aceia erau singura legătură dintre noi doi. Trăiam pentru momentul când mergeam să aleg floarea pentru tine. Îmi imaginam cum o găsești, cum o iei și o miroși, cum o pui în vază în camera ta, cum stă ea și te privește când dormi.

– Okay. Mă faci deja să roșesc și văd că am intrat într-un subiect care mă copleșește. Știi, și eu te plăceam, dar nu mi-a trecut vreodată prin cap că tu ai putea avea sentimente pentru mine.

– Serios? Îți plăcea de mine? Ce naiba vedeai la mine, că eram cu părul scurt, tuns periuță, uneori îmi ieșeau coșuri pe față...

– Pe bune? Erai cel mai vânat băiat din școală. Toate fetele erau topite după tine, îi zic râzând.

Râde și el, dându-și ochii peste cap.

– Bine, bine, e adevărat că aveam destule oferte, chiar propuneri de-a dreptul indecente, dar eu voiam să fiu cu tine. Când am auzit că ți-ai făcut un prieten, am înnebunit de-a binelea.

– Hm, da. Eu nu visam să fim vreodată împreună, așa că am acceptat prietenia unui coleg de clasă. Dar a fost o iubire mai mult platonică. Eram curioasă să văd cum e să mă sărute pe gură un băiat sau cum e să mă țină strâns în brațe la *slow dance*. Eram adolescentă, voiam să simt primii fiori ai dragostei, voiam să descopăr iubirea aceea care îţi dă fluturi în stomac.

– Cât timp am pierdut... Ştii, părinţii mei se cunoşteau cu ai tăi. Vorbeau despre noi doi ce pereche bună am face. Odată, tu ai plecat la mare cu ei, iar eu cu ai mei am ajuns în aceeaşi staţiune. Cred că atunci a fost o schemă făcută de ei, cumva, ca să ne întâlnim în afara şcolii. Erai pe plajă, mai ţin minte şi acum, purtai un costum de baie negru. M-au trecut fiorii când te-am văzut. Erai aşa de sexy în acel costum şi totuşi atât de pură. Dar ai fost rece şi distantă cu mine, aşa că n-am avut curaj să-ţi spun nimic. Am crezut că-l iubeşti pe prietenul tău şi că n-ai ochi pentru altul. În nici un caz pentru mine.

– Hm, apoi ai dispărut... Am aflat după mulţi ani că ai plecat din ţară. În America.

– Da, am urmat facultatea acolo, apoi am încercat să-mi fac un rost. Am întâlnit o fată, m-am îndrăgostit de ea şi ne-am căsătorit. Acum nu mai sunt cu ea. Am doi copii, două fetiţe.

– Ha, ha, ţi-a dat Dumnezeu numai fete. Ai fost urmărit toată viaţa de fete.

Mă uit cu drag la el. Pare să fie un bărbat încercat de viaţă.

– Spune-mi, tu cum eşti? mă întreabă el încet.

– Divorţată, dar fericită. Călătoresc, muncesc şi iar călătoresc. Cum strâng ceva bani, cum plec pe undeva în lume.

– M-am întors în ţară la un moment dat şi te-am căutat. Cred că am dat zeci de telefoane pe la toţi prietenii, la cunoscuţii mei, foşti colegi de liceu. Am dat peste prietena ta Anca. Mi-a spus că te-ai măritat. Am fost tentat să te sun, voiam să te văd. Dar Anca mi-a spus că eşti *happily married* şi inabordabilă. Apoi mi-am adus aminte de tine, de felul rece în care m-ai tratat la mare şi am zis: „Da, aşa e ea. Înseamnă că n-am nici o şansă să-i spun, măcar acum, că nu mi-a ieşit din suflet şi din minte".

– Aşa cum ai spus. Contratimp. Se pare că asta ne-a urmărit mereu.

– Tu te opreşti la Londra sau continui zborul spre America? mă întreabă el.

– Nu, mă opresc la Londra. Un *city break*, un week-end prelungit, îi răspund, anticipând cumva următoarea întrebare.

– Eu am zborul spre America, dar aş putea să fac o mică escală... spune şi se uită fix în ochii mei, parcă vrând să mă hipnotizeze cu privirea.

Îi întorc privirea. Nu am nimic de pierdut. Sunt *single*, stăpână pe viaţa mea, independentă financiar. Londra mi s-ar părea mult mai interesantă dacă aş fi cu cineva. Şi cu cine? Cu el, cel pe care l-am visat, pe care l-am dorit atâta timp.

Nu caut neapărat o relaţie, dar nu sunt nici pe stilul *one night stand*. Mă uit la el şi îi pun întrebarea de care depinde răspunsul meu:

– Să intru pe Facebook ca să descopăr dacă ești *single* sau *in a relationship*? îl întreb zâmbind, prefăcându-mă că glumesc.

Tace puțin, coboară privirea și îmi răspunde:

– Sunt însurat. M-am recăsătorit acum doi ani.

– Exact când am divorțat eu, îi răspund dezamăgită.

Îmi propunea o aventură la Londra, în timp ce soția îl aștepta acasă. Oare ce minciună ar inventa? I-ar spune că a rămas blocat în aeroport pentru că i-a furat cineva geanta cu biletul și cu pașaportul? Că s-a înzăpezit pe undeva? Că a intervenit o întâlnire de afaceri neprevăzută?

Mă uit la el și îmi dau seama că unele lucruri ar trebui să rămână în trecut. Iubiri pure și nevinovate. Sentimente neatinse de patimile noastre, de compromisuri, de decepții, de frustrări, de sacrificii.

Unele lucruri trebuie să rămână acolo, undeva, blocate în timp. Să fie scoase din când în când din cutia cu amintiri, șterse de praf și ținute la piept, acolo unde inima, indiferent de cursul pe care îl ia viața, rămâne neatinsă, dornică să mai iubească așa cum a iubit odată, când bătea într-un trup de copil.

Cod S.O.S...

Privesc invitaţia la evenimentul anual organizat de o revistă *glossy* la Clubul Diplomatic. Goana după ţinutele vestimentare, care trebuie neapărat să fie în concordanţă cu *dress code*-ul ales de organizatori, a creat mare agitaţie în oraş, în special în atelierele designerilor. Fiecare încearcă să creeze ţinuta perfectă care să-i asigure purtătoarei sale apariţia pe *A list*-ul monden.

Cu săptămâni înainte, toată lumea vorbeşte numai despre această petrecere. Telefoanele mobile zbârnâie pe mesele doamnelor care îşi iau prânzul în cafenelele din centrul oraşului. Designerii le întreabă când au timp să vină la probe. „Ah, nu ştiu, că am agenda extrem de încărcată. Stai să îmi sun PR-ul şi revin cu un răspuns", spun ele pe un ton afectat. Îşi reiau bârfa la cafea, gustând cu „delicateţe" din ea, ţinând toarta ceştii între arătător şi degetul mare, cu restul degetelor în sus. Subiectul *hot* al zilei este interpretarea corectă a *dress code*-ului de pe invitaţia nominală.

„Oare ce înseamnă o ţinută pentru Garden Party? Să îmi aleg o rochie lungă, înflorată, cu umerii goi, să port un costum cu pantaloni și sacou cambrat sau să îmbrac o cămașă albă, supradimensionată, cu pantaloni paietați? Cred că aleg mai bine o rochie scurtă, doar e o petrecere în grădină, nu?“

Aceste cuvinte mărunt tipărite pe invitație le dau tuturor bătăi de cap, în așa fel încât nimeni nu se sinchisește să mai ia în seamă și acel R.S.V.P. aflat în partea de jos a invitației.

Zâmbesc ușor în timp ce scriu un e-mail la adresa de pe invitație, prin care îmi confirm prezența la petrecere. Acest mic gest, care nu-mi ia foarte mult timp, este foarte important pentru organizatori pentru a ști dinainte numărul de invitați care vin la eveniment. Există și o regulă protocolară care cere ca în astfel de situații să răspunzi invitației în scris sau măcar să dai telefon. Este un semn de respect și de considerație față de cel care te-a invitat. Cunosc atât de bine aceste reguli...

Îmi arunc ochii pe fereastră și îmi aduc aminte de o recepție care mi-a provocat mari emoții. Într-o altă țară, într-un alt timp.

Mama stă în ușa dormitorului și se uită cu o privire critică la dulapul meu pe care îl țin cu ușile deschise. Nu știu cu ce să mă îmbrac la recepția organizată de Ambasada S.U.A. cu ocazia Zilei Naționale a Americii. Am venit în vizită la părinții mei, aflați în misiune diplomatică la Jakarta, iar acum mă uit cu disperare la hainele pe care le-am luat cu mine în valiză: rochii scurte, pantaloni deschiși la culoare, bluze cu bretele și multe costume de baie. *Flip-flops* și papuci cu talpă din rafie, o pereche de sandale cu toc mic și câteva perechi de *sneakers* Converse. Ca orice turist care se respectă, am ales doar haine confortabile, ușor de purtat și de cărat, majoritatea din bumbac sau din in, potrivite pentru temperaturile ridicate. Nici nu mi-a trecut prin minte că aș putea fi invitată la un eveniment oficial de o asemenea anvergură.

Ca o paranteză la povestea mea, această întâmplare mi-a fost învățătură de minte. Acum mi-am format un automatism în momentul în care mă pregătesc pentru o călătorie. Mă pot lăuda că am devenit expertă în pregătirea bagajelor. Încep prin a alege hainele în funcție de numărul de zile, având grijă să am cel puțin două ținute pe zi; mă uit la prognoza meteo, îmi iau informații despre hotel, despre atracțiile din jur și îmi aleg ținute pentru orice împrejurare în care m-aș putea afla. Încerc să anticipez cele mai neverosimile situații. Iar în ceea ce privește hainele, mai bine să am prea multe decât să fiu prinsă pe picior greșit. Chiar și împachetarea lucrurilor este foarte importantă. Am învățat asta în timp, uitându-mă la mama când se pregătea să plece cu tata la următorul post diplomatic. Cred că au fost zeci de ocazii în care am stat să văd cum reușea să pună toate lucrurile în valize astfel încât să folosească spațiul în cel mai bun mod ca să nu se spargă obiectele fragile, să nu curgă loţiunile pe haine, să nu se strice nici o ţinută. Când agăţa cântarul de mânerul fiecărei valize, acestea cântăreau exact numărul de kilograme admis în avion. Mama este unul dintre cei mai buni organizatori pe care i-am întâlnit vreodată.

Invitaţiile pentru recepţia dată de Ambasada S.U.A. au sosit încă de acum două săptămâni, iar tatăl meu a trimis confirmarea foarte repede. În plicul alb cu sigiliul desfăcut se întrezăresc invitaţiile făcute dintr-un carton fin, cu uşoare striaţii, şi cu un scris înclinat. *Dress code: Black tie.* Invitaţiile se află pe masa din sufragerie, împreună cu *pass*-urile de trecere de care avem nevoie la *check point*. Invitatul special al recepţiei este preşedintele american Jimmy Carter, care şi-a confirmat prezenţa împreună cu soţia sa. Deci este protocol de gradul zero şi securitate maximă!

Mă uit la mama, implorând-o cu privirea să mă ajute. Am emoţii. Ştiu cât de riguros este protocolul la astfel de evenimente şi asta îmi încordează nervii la maximum. E în joc imaginea ţării noastre, pe care noi o reprezentăm oficial la acest eveniment. Mă rog, părinţii mei o reprezintă. Eu sunt doar o persoană străină care are norocul de a fi invitată într-o societate cu circuit închis, de a privi lumea diplomaţiei *from the best seats in the room.*

Mă uit la mama cum alege din garderoba ei o rochie cu o lungime care trece de genunchi, cu design simplu, dintr-un material puţin lucios într-o nuanţă stinsă de purpuriu, închisă la gât cu o bordură mică dintr-o dantelă fină neagră. Mânecile sunt uşor încreţite la umeri, picând în formă de clopot. Are un aer *retro glamour*, dar în acelaşi timp elegant şi discret. Coafura ei este simplă, cu părul strâns într-un coc, iar în urechi şi-a prins câte o perlă albă de cultură montată într-o formă de scoică argintie. Machiajul îi completează armonios ţinuta. Are ochii conturaţi cu puţină mascara şi o linie fină trasată cu un *eyeliner* deasupra genelor. Sprâncenele îi sunt netezite şi uşor umbrite cu fard maro, iar obrajii sunt discret coloraţi cu un fard roz deschis. Deschide capacul pudrei translucide şi îşi tamponează faţa cu gesturi delicate, apăsând uşor peste părţile mai lucioase. Ia o sticlă de parfum de pe consolă, o întoarce încet peste arătător, lăsând câteva picături să se prelingă pe el. O urmăresc cu privirea cum îşi duce uşor degetul după ureche, uitându-se în oglindă cu capul puţin aplecat, părând a fi cu gândul undeva, departe. De când eram mică m-a fascinat acest ritual al mamei.

Tatăl meu poartă un costum închis la culoare, asortat cu o cravată uni, cămaşă albă, şosete închise la culoare şi pantofi negri. Un uşor parfum de Old Spice se simte în aer, iar eu îl trag adânc pe nări. E mirosul copilăriei mele…

Am nevoie de ajutorul mamei. Miza e prea mare.

Mama a început să scotocească în *dressing*-ul ei după o ținută adecvată pentru mine. Norocul meu e că purtăm cam aceeași mărime la haine.

– Uite, am văzut că ai la tine o cămașă simplă, albă. O poți purta cu acest sacou bleumarin închis, ușor cambrat, la care merge perechea asta de pantaloni evazați, cu talie înaltă, dintr-o mătase rigidă. Îți dau un șirag lung de perle albe pe care să-l porți peste cămașă. Parcă am pe undeva un *clutch* argintiu, mă duc să-l caut. Protocolul cere pantofi cu vârful închis și toc mai mic, dar am văzut că nu ți-ai luat la tine nici o pereche de pantofi mai elegantă. Ai putea să-ți pui sandalele argintii. Pantalonii sunt lungi, sandalele n-o să se vadă decât dacă te așezi pe scaun. Dar e o recepție, mă aștept ca lumea să stea în picioare.

O pup pe obraz cu vădită recunoștință și o zbughesc la baie ca să încep procesul de machiere. Încerc să imit stilul mamei, aplicând fardul rapid și cu precizie. Arta de a mă machia am învățat-o de pe vremea când eram model. În anii '90, manechinele erau obligate să învețe din mers cum să se fardeze și să se coafeze, cărând după ele trusele de make-up, accesoriile, bijuteriile, pantofii și câte și mai câte. Pe atunci nu existau încă *hair stylists*, *make-up artists*, *fashion stylists*, nici specialiști în PR. Mă uit în oglindă cu un ochi critic, dar sunt mulțumită de ceea ce văd. Îmi pieptăn părul lung și blond, aleg o șuviță subțire, o despart de restul și o răsucesc, prinzând totul într-o coadă. Un *look* neglijent în mod studiat mă reprezintă cel mai bine. Detest aspectul de „scoasă din cutie". Îi aud pe părinţii mei agitându-se la intrare. Mă grăbesc să-mi pun sandalele în picioare, mă dau repede cu puţin parfum, îmi mai privesc o dată faţa în oglindă şi gata. Cobor repede scările, înşfăcând din mers poşeta argintie, de seară, pe care mama a pus-o pe masa din sufragerie.

Maşina Ambasadei, un Mercedes-Benz de culoare neagră, a fost spălată, lustruită şi dată cu ceară, pregătită meticulos de şofer încă de dimineaţă, iar steagul ţării noastre e ridicat pe dispozitivul metalic, fluturând uşor în bătaia vântului cald. Tata se uită la ceas şi îi dă ordin şoferului să deschidă poarta electrică. Urcă în maşină după ce mama s-a instalat comod pe bancheta din spate. Ambasadorul trebuie să stea în partea dreaptă, în spatele şoferului. Începe un traseu sinuos pe arterele congestionate de trafic, maşina alunecă uşor, cu viteză constantă, prin agitaţia din jur. Claxoanele şi zgomotele oraşului nu pătrund până la noi. Maşina are geamuri securizate, antifonate.

Ajungem fix la ora trecută pe invitaţie şi ne aşezăm la o coadă lungă de maşini negre, cu plăcuţe CD, fiecare arborând steagul ţării sale. Din ele coboară ambasadorii împreună cu soţiile lor, cu expresii sobre pe chipuri. Bărbaţii poartă costume negre, iar femeile sunt îmbrăcate în rochii elegante, cu design clasic sau cu un uşor *touch* modern. Observ şi ţinute feminine care sunt adaptări stilizate ale portul tradiţional din anumite țări. Este un adevărat răsfăț vizual, o paradă a modei în care culturi atât de diferite se prezintă în cel mai frumos mod cu putință.

Înaintăm încet pe aleea hotelului de cinci stele, oprindu-ne la fiecare *check point* și arătând invitațiile. Totul este cronometrat cu precizie, astfel încât să nu se blocheze desfășurarea acestei procesiuni silențioase. Motoarele mașinilor se aud torcând încet, ca niște feline. Soldați din armata americană stau de veghe, urmărind cu atenție fiecare mașină care trece. Printre ei se strecoară ușor câțiva bărbați îmbrăcați în costume negre, la reverul cărora stă prinsă legitimația de *staff*, arătând ca niște manechine de ceară cu fețele lor inexpresive. Privirile lor atente măsoară rapid întregul perimetru.

Mașina este oprită din nou. Este al treilea *check point*. Arătăm invitațiile. Între timp, câțiva soldați inspectează mașina cu un detector de metale. Un câine-lup adulmecă cu botul lipit de pământ, mirosind cu maximă concentrare pe sub mașină și în jurul roților. Un soldat ne deschide portbagajul, altul ne ridică capota.

– *All good. Thank you, Sir. Keep moving.*

Am ajuns în fața intrării principale a hotelului care găzduiește evenimentul. Șoferul iese cu agilitate din mașină, deschide portiera din spate pentru a-i ajuta pe părinții mei să coboare, apoi vine la portiera din față pentru a-mi întinde mâna. Regulile protocolului sunt respectate pas cu pas. Orice greșeală s-ar putea transforma într-o gafă comisă în fața reprezentanților oficiali ai altor țări.

Pe scările hotelului este întins covorul roșu, flancat la stânga și la dreapta de soldați americani îmbrăcați în uniforme de ceremonie: tunici negre cu manșete încheiate cu nasturi aurii și mănuși albe, pantaloni cu vipușcă, șepci albe cu cozoroc de sub care se vede privirea solemnă a tinerilor cu fețe proaspăt bărbierite și tunsori scurte.

Urc încet treptele, cu un pas în urma părinților mei. Ambasadorii se salută între ei, dându-și mâna, iar soțiile lor își zâmbesc, își dau mâna sau se sărută pe obraz. Conversațiile creează un zumzet plăcut pe fundalul muzicii care se aude din interiorul sălii de recepție.

Mă uit în jur la acești oameni pe umerii cărora stă, în sens metaforic, imaginea țării lor. Cât de multă atenție trebuie să acorde fiecărei vorbe și fiecărui gest! Descopăr fizionomii diferite, de la statura înaltă și tenul deschis la culoare al europenilor, la chipurile cu ochii alungiți și părul negru al asiaticilor. Sunt de-a dreptul vrăjită de acest spectacol, unde actorii își cunosc atât de bine replicile și gesturile, încât mă întreb cât de mult au durat repetițiile pentru ca această piesă de teatru să fie perfectă.

Tatăl meu a visat la meseria de diplomat încă de pe băncile facultății. După șase ani de pregătire intensă și patru limbi străine învățate la perfecție, și-a început cariera de diplomat cu cel mai mic grad în Ministerul de Externe. Au urmat ani de zile de pregătire pentru fiecare misiune diplomatică, în care a studiat politica, economia, obiceiurile și comportamentul poporului din țara-gazdă. Examene de grad, concursuri pentru posturi diplomatice și multe altele... După aproape douăzeci de ani de activitate și peste zece misiuni diplomatice, plus tot atâtea examene de grad, tata a ajuns să poarte titlul de ambasador-plin.

Muzica se aude prin ușile mari care sunt deschise, lăsând să se întrevadă terasa din lemn de tec ce dă spre grădina cu plante luxuriante. Luminile verzi ascunse după frunziș fac plantele să pară niște personaje fantastice într-un teatru cu umbre Wayang. Soldații americani stau de strajă la fiecare intrare și salută în momentul în care ambasadorul american își întâmpină invitații. În aer plutește o stare de nerăbdare. Pesemne ocazia de a întâlni un președinte american, care nu se ivește des nici măcar în forurile diplomatice, le stârnește emoție tuturor invitaților.

Una dintre regulile protocolului diplomatic este să nu stai pe loc, să nu creezi „bisericuțe". Trebuie să te miști mereu, să saluți și să faci conversație cu cât mai multă lume. Mă învârt prin sală, mergând după părinții mei, încercând să prind din zbor semnul de salut și discuțiile cu diverși ambasadori. Tatăl meu mă prezintă, iar eu aștept să mi se întindă mâna pentru salut. Întotdeauna cel cu gradul mai mare sau cel care e mai în vârstă trebuie să întindă primul mâna.

Limbajul trupului este foarte important. Trebuie să eviţi să stai picior peste picior. Nu trebuie să vorbeşti tare sau să râzi zgomotos. Eticheta nu te lasă să strănuţi, să caşti sau să tuşeşti decât dacă te retragi puţin, te întorci cu spatele şi încerci să înăbuși zgomotul într-o batistă. De câte ori nu am repetat eu aceste reguli stând în faţa mamei, care îmi punea întrebări având cartea de protocol deschisă în faţa ei? Cartea aceea era Biblia noastră. Trebuia să ştim pe de rost toate regulile protocolare, inclusiv pe acelea de aşezare corectă a invitaţilor la masă, după grad, funcţie, vârstă şi aşa mai departe.

Fiecare ambasador și reprezentant oficial mă salută zâmbind, apoi scoate o carte de vizită și mi-o înmânează. Asiaticii îmi oferă cartea de vizită cu ambele mâini, înclinând capul în același timp cu o ușoară plecăciune a corpului. Eu iau cartea de vizită apucând-o tot cu ambele mâini.

Întrebările uzuale sunt legate de ocupaţia mea și de ţară. Trebuie să le răspund cu băgare de seamă. Nu trebuie să par arogantă, să vorbesc pe un ton care ar induce ideea că mă simt superioară lor, trebuie să-mi laud ţara și poporul cu modestie și fără a face comparaţii cu alte naţii, fără a jigni pe cineva, fără glume deocheate, fără a intra în polemici despre politică și religie. Toate acestea le-am învăţat în copilărie.

În timp ce mergem de la un capăt la altul al sălii, oprindu-ne la fiecare pas pentru *greetings*, chelneri în uniforme albe, purtând tăvi argintii cu *hors d'œuvres*, ne îmbie discret.

Formaţia cântă *evergreens*, iar sala s-a umplut deja de lume.

Ambasadorul american păşeşte prin culoarul deschis în mulţime şi ajunge la scenă. Ia cuvântul, ne mulţumeşte pentru prezenţă și anunţă intrarea invitatului special, cel de-al 39-lea preşedinte al Americii, Jimmy Carter, și a soţiei sale, Rosalynn Carter.

În aplauzele tuturor, cuplul prezidenţial apare pe scenă. Ambasadorul cere să se intoneze imnul Americii. Toţi soldaţii și oficialii americani își duc automat mâna la inimă. Același gest îl face și Jimmy Carter. Doi soldaţi poartă steagul Americii şi pe cel al Indoneziei. Urmează intonarea imnului ţării-gazdă. În sală este liniște, iar invitaţii stau nemișcaţi, în semn de respect pentru acest moment solemn. Muzica s-a oprit, iar ambasadorul își începe discursul despre istoria acestei naţiuni, punctat din când în când de aplauzele publicului.

Urmează să ia cuvântul Jimmy Carter. Mă uit la acest om care a avut o viaţă extraordinară. Este un bărbat cu statură înaltă, cu părul alb și ochii de un albastru curat, limpezi şi strălucitori. Are un zâmbet seducător. Știe să-și folosească farmecul și să-și schimbe tonalitatea vocii pentru a atrage atenţia tuturor. Mi s-a întâmplat rar să asist la un asemenea discurs. De fapt, cred că e pentru prima oară când stau ţintuită pe loc, fascinată de personalitatea unui om care mi se pare a fi un zeu.

Răsplătit cu Premiul Nobel pentru Pace în anul 2002, Jimmy Carter a pledat şi a luptat neîncetat pentru drepturile omului, iar în această seară primim o lecţie valoroasă de la un om care a crezut toată viaţa în măreţia umanităţii.

Mă trec fiori, simt cum mi se face pielea de găină. Mă uit în jur şi văd aceeaşi expresie pe feţele tuturor. Suntem cu toţii ca în transă. Suntem acaparaţi cu totul de prezenţa acestui om care ne vorbeşte despre egalitate, dreptate, iubire de ţară, puterea de a face bine.

Discursul nu a durat mult. Strecurând pe ici, pe colo şi câte o glumă, Carter ne-a ţinut cu respiraţia tăiată până la ultimul cuvânt. A sosit momentul când invitaţii încep să dea mâna cu el. Simt că mi-au transpirat palmele şi încerc să le şterg fără să se observe pe părţile laterale ale pantalonilor. Cum de-am uitat să pun un pachet de şerveţele în poşetă?

Toţi s-au aşezat în şir indian, aşteptând să le vină rândul pentru a da mâna cu cuplul prezidenţial. Coada înaintează încet, fiindcă Jimmy Carter adresează câteva vorbe fiecărui om care ajunge în faţa lui. Preşedintele e flancat la dreapta de un ofiţer de Public Relations care îi şopteşte numele şi funcţia invitaţilor, la momentul potrivit. Mă uit la el cum zâmbeşte şi dă mâna cu fiecare în parte. Deşi este în vârstă, nu dă semne de oboseală sau de iritabilitate. Soţia lui, Rosalynn, arată impecabil. E o adevărată *First Lady*.

Mai e puţin şi ajungem în faţa lor. Începe să-mi bată inima tare. Părinţii mei sunt în faţa mea. Eu îi urmez timid. Tata ajunge primul. Ofiţerul de PR îl prezintă: „The Romanian Ambassador, His Excelency Mr. George Savuica, and his wife, Mrs. Stella Savuica". Preşedintele le întinde mâna şi îi salută pe părinţii mei. În momentul acesta simt că ameţesc. Dacă fac vreo gafă? Cine sunt eu, cum am ajuns aici? De ce? Mă uit cu teamă la ofiţerul de PR. Dacă ridică o sprânceană, dând din umeri în semn că nu ştie cine sunt, şi pe bună dreptate?

Gata. Am păşit înainte cu încredere. Ce se poate întâmpla? În cel mai rău caz, o să mă salute dând din cap... Mă uit direct în ochii albaştri ai preşedintelui. Zâmbetul meu e slab şi simt cum îmi tremură colţul gurii. Ofiţerul de PR nu spune nimic. E mai rău decât credeam. E un moment stânjenitor şi simt că mi se duce tot sângele din obraji. Spun:

– *I am the daughter...*

Jimmy Carter îmi întinde mâna şi îmi spune că acum, după ce a întâlnit-o pe mama şi pe mine, s-a convins că femeile din România sunt cele mai frumoase din lume.

– *I didn't believe Ceausescu when he told me this in 1979, but, by God, this is so true*, îmi spune el, pe un ton glumeţ, ţinându-mi mâna într-a lui.

Nu-mi vine să cred ce aud. Mă gândesc că eu pe vremea aceea aveam nouă ani şi mă bălăceam în apele

Oceanului Indian. Acum stau de vorbă cu un președinte american. Un zâmbet strălucitor îmi luminează toată fața.

– *Thank you, Mr. President.*

Revin în prezent cu senzația pe care mi-a lăsat-o acest moment unic. Dormitorul meu s-a luminat dintr-odată de razele soarelui care a ieșit dintre nori. Trimit e-mailul de confirmare a prezenței mele la evenimentul monden care va avea loc la Clubul Diplomatic din București.

Știu acum ce ținută voi alege pentru Garden Party...

Misiune imposibilă

Telefonul sună în miez de noapte. Țârâitul lui ne trezește din somn pe mine și pe sora mea și nu se mai oprește. Trilul ascuțit reverberează de-a lungul pereților prin coridorul casei. Visam ceva frumos înainte să aud telefonul, dar acum îmi bate inima cu putere. M-am panicat. Nu-mi place țârâitul telefonului, în special atunci când sună noaptea, ca o prevestire a răului.

Îi aud pe părinții noștri în dormitorul alăturat. S-au trezit și ei. Le aud vocile înfundate; vorbesc încet, încercând să nu ne trezească. Mă uit prin semiîntuneric la sora mea și îi văd ochii mari și luminoși privindu-mă cu neliniște.

– Șșt, *sis*, hai să ascultăm ce se întâmplă, îi șoptesc eu.

– Crezi că e vreo problemă cu bunicii? mă întreabă ea pe un ton sfios.

– Nu cred. După ce ne-au condus la aeroport s-au întors acasă. Știi că i-am sunat când am ajuns în Cipru, erau bine.

Sosiserăm chiar în acea zi în țara însorită a portocalilor, a măslinilor și a lămâilor. Nu mai văzuserăm așa ceva până acum. Pe marginea drumurilor se întindeau livezile cu pomii încărcați cu fructe, iar noi nu mai conteneam cu rugămințile să oprim mașina pentru a culege câte o portocală direct din pom. A fost o zi fantastică. Vorbeam unii peste alții, era un adevărat vacarm în mașină. Drumul lung de la aeroportul din Larnaca până la Nicosia, capitala Ciprului, ne-a plăcut mult. Am avut timp să le povestim părinților tot ceea ce ni se mai întâmplase în ultima vreme. Ei ne priveau cu dragoste. „Ne-au sosit fetele în vizită!", exclama tata, din două-n două minute, cu un zâmbet larg pe fața bronzată de soarele mediteranean.

Ne minunam văzând casele albe, lipsite de un acoperiș țuguiat, care păreau niște cutii aliniate pe pământul arid, făcând un contrast superb cu albastrul cerului și al mării. Respiram atmosfera de vacanță și asta ne făcea să fim și mai volubile, mai slobode la gură. Peste toată agitația noastră, în mașină se auzea muzică grecească de la un post local de radio. Părinții noștri ne-au povestit cum s-au instalat în noua misiune, cu ce fel de oameni s-au împrietenit, ce feluri de mâncare au încercat și ce obiceiuri au preluat deja de la localnici. Entuziasmați de această țară cu oameni ospitalieri, ne-au spus că se simțeau minunat acolo și că vom avea parte de o super-vacanță.

Am ajuns la reședință, o casă albă construită în stil tradițional, cu ferestre și uși mari, cu o terasă acoperită cu dale ce imitau piatra, care dădea spre o grădină îngrijită. Bineînţeles că am scos exclamaţii de plăcere când am văzut portocali în curtea casei! Când am zărit şi piscina, am fost în culmea fericirii. Camera noastră dădea spre grădina din care răzbătea în interior miros de portocale. Atmosfera era extraordinară, îmi dădea o stare de bine şi era exact cum îmi imaginam că va fi această insulă scăldată de apele albastre ale Mediteranei. Abia aşteptam să văd ce program ne-au pregătit părinţii, care ne povesteau despre locurile pe care le-au descoperit, despre istoria și legendele ce învăluie ţara aflată la răscrucea de drumuri între continente. Tata ne-a vorbit despre itinerarul care includea orașe cu plaje însorite, Larnaca, Limassol și Paphos, străvechiul loc unde se spune că a ieșit Afrodita din mare. Ne-a promis că aveam să trecem graniţa în partea turcească a ţării, unde totul era sub control militar, iar clădirile din apropiere aveau ferestrele baricadate cu saci de nisip. O măsură de precauţie pentru situaţii extreme, pentru că încă se auzeau împuşcături răzleţe. Aveam paşaport diplomatic, aşa că urma să trecem cu un ghid în „cealaltă ţară".

În timp ce tata ne povestea despre minunăţiile pe care le vom întâlni în Cipru, mama a pregătit masa la care ne-am aşezat cu toţii, vorbind în continuare. Am avut parte de un adevărat festin cu mâncare tradiţională cipriotă, un amestec între bucătăria grecească și cea turcească. Am început cu antreuri, brânză *halloumi*, salată tarama și *kibbeh*, apoi *souvlaki* cu pită. Am gustat din *koupepia*, „sarmalele“ lor înfăşurate în frunză de viţă-de-vie, care mi s-au părut extrem de bune, iar desertul a fost delicios. După masă, ne-am relaxat pe terasă, am făcut o baie în piscină, apoi am băut suc de portocale proaspăt amestecat cu suc de lămâie, mentă și gheaţă pisată.

Seara s-a lăsat încet peste grădină, învăluind-o în umbre, iar parfumul portocalilor a devenit și mai puternic. Am stat liniştiţi, contemplând natura și ascultând sunetele noi ale serii, orăcăitul broaştelor, cântecul agitat al greierilor, clipocitul apei din piscină, foşnetul frunzelor în adierea aerului cald.

A fost o zi plină și deja simţeam oboseala. A doua zi dimineaţa trebuia să ne trezim devreme, ca să plecăm spre coastă și să începem călătoria în jurul insulei. Dar ţârâitul telefonului ne-a trezit în toiul nopţii și acum îi auzim prin ușa dormitorului pe părinţii noştri care se agită pe coridor.

„Ce s-o fi întâmplat, oare?“, mă întreb eu, curioasă.

Sora mea stă ghemuită în pat, ţinând perna în braţe. I se văd doar ochii peste marginea pernei.

– Mă duc să văd ce s-a întâmplat! îi spun eu pe un ton ferm.

– Vin și eu, strigă ea. Nu mă lăsa singură, ştii că nu-mi place să stau în întuneric.

Deschid ușa, crăpând-o puţin câte puţin, astfel încât o fantă de lumină din ce în ce mai mare pătrunde în camera noastră.

Mă uit pe coridor și nu văd pe nimeni. Vocile părinților se aud înfundat dintr-o cameră care se află la capătul coridorului. Mă strecor ușor pe coridor, în picioarele goale, fără să scot vreun sunet. Mă simt ca Tintin, pe cale să descopăr ceva interzis, *top secret*.

Sora mea mă urmează ca o umbră mai mică, mergând în spatele meu și încercând să fie la fel de silențioasă. Ajungem în fața ușii. Îmi lipesc urechea de lemnul aspru și încerc să disting ce se spune înăuntru. Aud vocile părinților noștri într-un dialog sacadat, ușor agitat. Vreau să știu ce se întâmplă, curiozitatea mea a ajuns la cote maxime.

Îmi iau inima-n dinți și bat la ușă. Vocile lor se opresc brusc.

– Da! Tu ești, Dana? întreabă tata.

– Da, noi suntem. Putem intra?

– Okay, haideți înăuntru. Oricum o să facem noapte albă, răspunde tata pe un ton sec.

Deschid ușa și intrăm în cameră. Acolo îi văd pe părinții mei stând la un birou cu lampa aprinsă și stive de dosare aranjate pe marginea lui.

Sunt două telefoane pe birou. Tata ține receptorul unuia la ureche și se pregătește să formeze un număr. Mama este cu urechea lipită de celălalt telefon. Amândoi au o mină gravă, gurile lor formează o dungă subțire, iar sprâncenele le sunt încruntate.

– Ce s-a întâmplat? Pare ceva grav. Au sunat din țară? Au pățit ceva bunicii? întreb eu alarmată.

– Nu, bunicii sunt okay. Am primit un telefon din ţară. E o situaţie de maximă gravitate. Este secret, nu putem divulga nimănui ce se-ntâmplă. Trebuie să rezolvăm problema, altfel va avea loc o mare tragedie. Nu mai zic de implicaţiile sociale și politice... Chiar și noi vom avea de suferit dacă iese prost, cariera mea de diplomat se va sfârși. Dar nu asta e important, ci salvarea unor oameni. Asta este tot ce contează și sper să reușesc, spune tata pe un ton răspicat.

Îmi dau seama că este ceva foarte grav după felul în care se încruntă tata. Rareori l-am văzut așa, cu fruntea brăzdată de ridurile adânci care s-au format de la atâta concentrare.

– Îl voi suna pe ministrul de Externe și pe cel al Transporturilor. Chiar dacă e o oră atât de târzie, mă bazez pe faptul că vor empatiza cu situaţia noastră și că ne vor ajuta, îi spune tata mamei.

– Totuși, ce s-a întâmplat? întreb eu din nou.

Nu mă dau bătută, vreau să știu ce a creat o asemenea agitaţie în casa noastră. Ce poate fi atât de grav încât să-i ţină într-o tensiune atât de mare pe părinţii noștri?

Îmi răspunde mama, iar cuvintele ei îmi dau fiori pe șira spinării.

– Un avion românesc închiriat la Libyan Airlines cu echipaj românesc, cincisprezece oameni la număr, și încă o sută de pasageri, a fost deturnat de doi teroriști. Se pare că au reușit să ascundă o bombă într-un bagaj din cală și au încă una artizanală camuflată într-un aparat foto. Sunt înarmaţi şi ţin sub ameninţare echipajul de zbor. Au reuşit să primească acordul să alimenteze avionul la Roma, cu motoarele mergând, ceva extrem de periculos, iar acum cer permisiunea să aterizeze în Cipru. Nici o altă ţară nu le răspunde, iar autorităţile române sunt în alertă. Tatăl vostru trebuie să facă o minune. Este o misiune aproape imposibilă.

Eu rămân cu gura deschisă. Nu-mi vine să cred că se poate întâmpla aşa ceva. Suntem în anul 1982, iar astfel de acţiuni par de-a dreptul incredibile. Cum au reuşit teroriştii să treacă de filtrul de control de la aeroport cu aceste bombe? Cum le-au ascuns şi unde? Au avut complici, oare? Un tremur îmi cuprinde tot corpul. Mă uit la tatăl meu şi îmi dau seama că pe umerii lui stă întreaga responsabilitate a acestei misiuni. Mama îl ia în braţe şi îl îmbărbătează.

– Hai, sună-i! Cu cât trece timpul, cu atât se agravează situaţia. Trebuie să acţionăm imediat.

– Da, îi sun acum. Am aşteptat ordinele din ţară. Nu vrem să creăm, din punct de vedere politic, o situaţie de tensiune între cele două ţări. Este o linie foarte fină şi trebuie să gândesc bine paşii înainte de a face vreun demers. Trebuie să mă gândesc cum le pun problema celor doi miniştri ca să ne ajute fără să ne creăm obligaţii şi fără să fie afectată imaginea ţării lor.

Tata scoate o agendă din seif, după ce formează cifrul, stând cu spatele la noi. Se aşază la birou şi ia receptorul telefonului în mână. Ne roagă să ieşim din cameră, deoarece convorbirile trebuie să fie confidențiale. Noi ne ridicăm de pe scaune și ieșim tiptil, ca de la o piesă de teatru care încă nu s-a sfârșit. De fapt, abia începe.

Mergem la bucătărie și ne așezăm la masă. Cu câteva ore înainte, stăteam în jurul ei, fericiți, făcându-ne planuri pentru vacanță. Acum, totul a rămas în *stand-by*. Totul a devenit incert. Inclusiv deznodământul acțiunii care se dezbate acum după ușa închisă a biroului. Oare tata va reuși să-i convingă pe cei doi miniștri ai guvernului cipriot să lase avionul să aterizeze pe teritoriul țării lor?

Stau nemișcată și mă uit spre ușă. Nu se aude nici un sunet. Timpul pare să treacă foarte încet. Mă uit la acele ceasului din bucătărie. Tic, tac, tic, tac. Oare prin ce emoții trec pasagerii din avion? Cum se simt știind că în orice clipă viața lor se poate sfârși? Cât de efemeră este clipa, cât de prețioasă și, în același timp, cât de fragilă este viața oamenilor! Cum e să te afli în aer, fără să ai unde să fugi, unde să te ascunzi...

Nici nu vreau să mă gândesc cum aș reacționa dacă s-ar întâmpla ceva cu noi sau cu părinții noștri.

Mama este acum împreună cu tata. Vocile lor răzbat prin pereții camerei. Deschid ușa și ies amândoi din birou. Tata vorbește repede, dându-i indicații scurte și clare mamei:

– Stai aici cu fetele, dar rămâneți în biroul meu. Cum sună telefonul, ai grijă să răspunzi imediat. Eu am să te sun la fiecare jumătate de oră, ca să-ți spun cum stăm cu negocierea. Tu trebuie să transmiți mai departe în țară. Ți-am lăsat codul pe birou. Nu vorbiți cu nimeni pe toată perioada cât sunt eu în negocieri. Nu dați drumul nimănui în casă. Nu faceți zgomote, nu ieșiți în grădină. Nu deschideți geamurile. Țineți lumina stinsă. Vă pup și vă iubesc. Doamne-ajută să-i scoatem pe oamenii ăia teferi din avion!

După ce ne spune toate astea, tata iese din casă, zăngănind cheile de la mașină, apoi auzim doar zgomotul mașinii ieșind din curte. După care urmează o liniște deplină. Mama, îngândurată, pune ibricul să fiarbă pentru o cafea. Mâinile îi tremură ușor. Părul pe care și-l ține strâns într-un coc s-a desfăcut puțin, șuvițe lungi și negre îi cad peste tâmple. Și le așază la loc după ureche cu un gest nervos.

Tăcem. Știm că trebuie să stăm cuminți, să nu facem nici cea mai mică mișcare. Suntem în stare de șoc.

Inima îmi bate cu putere. Deși știu că este o situație foarte gravă, nu pot să nu-mi imaginez că sunt în mijlocul unei aventuri. Exact ca în filmele de acțiune la care mă uit împreună cu tata, unde eroul întotdeauna învinge. Îmi doresc cu ardoare ca tata, astăzi, să fie eroul din filme.

– E un mare noroc că tatăl vostru este în relații foarte bune cu cei doi. Deși e o situație extrem de delicată, au acceptat ca avionul să aterizeze pe teritoriul țării, oferindu-ne tot sprijinul. E mare lucru, ne spune mama.

În vocea ei se simt dragostea și admirația pentru soțul ei.

– Vreți să vă fac o cană de cacao cu lapte și câteva felii de pâine cu gem? Cred că nu aveți chef să mergeți la culcare și, sincer, mi-ar prinde și mie bine să am companie. Altfel înnebunesc de la atâta stres.

– Da, mamă, normal că stăm cu tine. Cum să mai putem dormi când știm că tata negociază cu niște teroriști! spun eu cu voce fermă.

Sora mea stă într-un colț în pijamaua ei cu elefănței colorați, cocoțată pe scaun, cu bărbia sprijinită pe genunchi. Mă uit la ea și mă apucă emoția. Îmi dau seama că aș fi pierdută dacă i s-ar întâmpla ceva. Cât de fragil este firul vieții, cât de nedrept este să ajungă acest fir în mâna cuiva care-l poate curma într-o clipă!

După două ore de așteptare, ticăitul ceasului din bucătărie ajunge să mă enerveze la culme. Capul îmi tot cade în piept și îmi simt pleoapele din ce în ce mai grele de somn. Mama stă cu coatele sprijinite de masă, cu cana de cafea în mâini și cu privirea fixată pe ușa biroului. Dintr-odată se aude țârâitul telefonului. E ca un semnal de alarmă care ne trezește din amorțeala care ne-a cuprins.

Mama sare în picioare și ajunge în câteva secunde la telefon.

– Alo! Da. Da. Am înțeles. Da. Nu. Voi comunica. Okay. Ai grijă.

Închide telefonul, notându-şi ceva pe o hârtie. Pune mâna pe celălalt telefon şi formează un număr scurt. La celălalt capăt al firului se aude o voce masculină.

– Ajuns la destinaţie. Stop. Dialog. Stop. Punct şi semnal. Peste o oră.

Nu înţeleg nimic din ceea ce spune mama şi cred că asta e şi ideea. *Walls have ears.* Asta e valabil peste tot, mai ales în situaţii de genul acesta. O convorbire cifrată trebuie să li se pară fără sens celor care ascultă.

– Mamă, tata e okay? o întreb eu după ce termină convorbirea telefonică.

– Da, este în turnul de control, la aeroport. Avionul nostru a aterizat cu bine, dar a rămas pe o pistă secundară. Au sosit şi cei doi miniştri. Se negociază cu teroriştii. Au pus nişte condiţii destul de dure şi nu ştiu ce se poate face. Pe primul loc este salvarea vieţilor omeneşti şi, dacă se poate, şi a avionului. Sper să primesc veşti într-o oră.

Rămânem nemişcate, uitându-ne una-n ochii celeilalte. În privirea ei văd teamă şi îngrijorare. Încearcă să braveze de dragul nostru, dar nu îi reuşeşte prea bine figura. E agitată şi îşi trosneşte degetele, un tic care-i trădează starea de nelinişte.

Mă duc la ea şi o iau în braţe. O simt caldă, aşa cum o simţeam când eram copil şi mă lua ea în braţe, legănându-mă uşor. Mă bucur că suntem împreună. S-a nimerit să fim la ei exact în acest moment de cumpănă. Poate că aşa a fost scris. Nu ştiu de ce, dar simt că va fi bine. Probabil pentru că eu am o foarte mare încredere în calităţile de diplomat ale tatălui meu, dar şi pentru că îmi doresc ca el să fie eroul din povestea mea.

Afară, întunericul a domolit orice sunet. Este o linişte adâncă. În timp ce toată lumea doarme, undeva, pe o pistă luminată, un avion stă nemişcat ca o pasăre solitară cu aripa rănită, neputând să-şi ia zborul spre libertate. O sută cincisprezece oameni cu un trecut, amintiri şi vise, cu speranţe, cu copii, părinţi şi bunici, cu prieteni şi colegi sunt acolo, iar vieţile lor sunt toate în mâna unui singur om. Acel om este tatăl meu.

Mă trec din nou fiori. Aştept să sune telefonul.

După încă două ore, sunetul ascuţit al telefonului răzbate din biroul cu uşa deschisă. Mama ridică receptorul.

– Da! Daaa? Aoleu...

Închide telefonul şi sună imediat în ţară.

– Acţiune.

Închide telefonul. Se aşază încet pe scaun şi îşi lasă capul să cadă pe masă, strângându-l între palme.

– Mamă, ce s-a întâmplat? Tata e bine?

– Au adus tanchete militare pe pistă. Nu ştiu ce se va întâmpla, dar sunt gata să acţioneze şi să-i scoată cu forţa pe terorişti, ne răspunde mama, cu o voce sfârșită.

Mi s-a pus un nod în gât. Încerc să înghit, dar nu mai am salivă. Gura mi s-a uscat și simt un gust de fiere care îmi dă o stare de vomă. Încep să plâng încet.

Acum nu mai sunt așa de sigură că se va sfârși cu bine. Ce se va întâmpla cu tatăl meu? Cât de mult îl va afecta un deznodământ tragic, dacă la asta se va ajunge?

Deși este un bărbat hotărât, foarte puternic și stăpân pe el, este și foarte sensibil. Își iubește foarte mult familia și, așa cum spune tot timpul, și-ar da viața pentru noi. Întotdeauna găsește soluții la orice problemă. Trebuie să am încredere în el că va găsi și acum una. Mă uit din nou la ceas. Timpul nu stă în loc pentru nimeni și pentru nimic.

Afară mijesc zorile. Păsările s-au trezit la viață și ciripesc vioi. Mirosul de portocale pătrunde în bucătărie, chiar dacă ferestrele sunt închise. Zgomotul mașinilor care trec pe stradă începe să se audă tot mai des. Ziua prinde viață. Totul capătă formă, mișcare, sunet. Viața merge înainte...

Au trecut cinci ore, fără să mai primim vreun semn. „*No news, good news.*" Oare așa să fie?

Mama deschide televizorul și alege un canal de știri. Nu se spune nimic despre starea de alertă de pe aeroport. Se pare că autoritățile își fac bine treaba.

Telefonul sună. Tresărim toate la auzul zgomotului strident. Nervii ne sunt întinși la maximum. Mama sare de la masă și din grabă răstoarnă cana de cafea pe podea.

– Of... Dana, te rog, strânge tu cioburile de pe jos, să nu călcăm pe ele, strigă mama grăbindu-se să ajungă la telefon.

Eu mă aplec și strâng cu mâna cioburile mai mari, apoi iau mătura și fărașul și curăț bine locul. Șterg cu mopul cafeaua care a curs pe sub masă. Sora mea, care adormise pe scaun, își ridică genunchii la piept, ca să-mi fie mai ușor să curăț. Îmi fac de lucru, dar sunt cu urechile ciulite la ce vorbește mama la telefon.

– Da, fetele sunt bine. Ne facem griji pentru tine. Tu cum ești? întreabă mama.

Mai vorbește câteva minute la telefon, după ce închide ușa biroului.

După un timp, iese din cameră și revine în bucătărie. Își face cafea proaspătă la ibric. Ne întreabă dacă vrem să ne facă omletă. Îmi dau seama că mi-e o foame de lup.

Ne apucăm să punem masa. O ajutăm să așeze tacâmurile, farfuriile și paharele. Scot câteva portocale din frigider și le storc, amestecându-le sucul cu zeamă de lămâie și miere. Adaug câteva frunze de mentă și pun două-trei cuburi de gheață în pahare.

Omleta cu șuncă, legume și cașcaval sfârâie în tigaie, iar mama o întoarce de pe-o parte pe alta. Nu îndrăznesc să o întreb ce a vorbit cu tata. Mă uit cu coada ochiului la ea, dar nu ridică privirea. Tai felii de pâine groase, le pun în toaster și apoi le ung cu puțin unt. Ne așezăm toate trei la masă. Începem să mâncăm în liniște. În cele din urmă, mama vorbește.

– Tatăl vostru a reușit să ajungă la o înțelegere cu teroriștii. Sunt doi tineri, unul de șaptesprezece, altul de douăzeci şi trei de ani. Cred că le e foarte frică, pentru că au început să cedeze. Au fost aduşi soldaţi şi cred că asta i-a făcut să dea înapoi. Tatăl vostru este şi acum în turnul de control. Negociază cu ei condiţiile de predare. Nici unul dintre pasageri şi nici un membru al echipajului nu a păţit nimic, slavă Domnului. Au primit apă proaspătă şi mâncare caldă de la autorităţile cipriote.

Simt o căldură care îmi inundă tot corpul. Sunt atât de mândră de tatăl meu! E un sentiment extraordinar de puternic. Tatăl meu e pe cale să salveze atâtea vieţi. Sunt de-a dreptul copleşită şi încep să râd ca nebuna. Mama se uită la mine surprinsă, apoi începe şi ea să zâmbească. Sora mea îmi ţine isonul, luminându-se la faţă. Mâncăm cu poftă din omletă. Parcă acum are alt gust!

După douăsprezece ore de negocieri, teroriştii s-au predat. Au ieşit din avion, ţinând mâinile în aer şi arborând un steag alb improvizat din pungile de uz igienic aflate în buzunarele scaunelor de pasageri.

Soldaţii din tanchete îi aşteptau la baza avionului. Cei doi au fost încătuşaţi şi băgaţi în maşinile blindate. Convoiul de tanchete s-a retras în trombă de pe pistă.

Au sosit ambulanţe şi maşina de pompieri, trăgând aproape de uşa de debarcare a avionului. Încet, şi-au făcut apariţia ostaticii. Prima dată au coborât copiii cu mamele lor care-i ţineau de mână sau în braţe, apoi au urmat vârstnicii. Ultimii au fost membrii echipajului.

Oamenii se îmbrățișau între ei, vorbeau toți odată. Povesteau grozăvia prin care au trecut, momentele de tensiune maximă, spaima lor sub amenințările cu pistolul și cât de mare a fost pericolul de a exploda avionul în aer.

Stewardesele, obosite, cu cearcăne la ochi, cu coafurile răvășite, cu hainele șifonate și transpirate, coborau încet scările.

Piloții au ieșit ultimii, în aplauzele echipajelor de salvare. Tatăl meu i-a întâmpinat și i-a prezentat celor doi miniștri. Toată lumea le era recunoscătoare pentru că Ciprul a acceptat aterizarea forțată pe teritoriul său.

Am plâns de bucurie că totul s-a terminat cu bine. Ne-am continuat vacanța alături de părinții noștri. Mă uitam la tata cu drag și admirație. Tatăl meu era Superman.

La o lună după ce am plecat din Cipru, am primit un telefon de la mama.

„Dana, tatăl vostru este la Limassol. Un vas românesc care a acostat în portul din Tripoli a fost deturnat de șapte soldați. Era război în zonă și aceștia au dezertat, au urcat pe vas și, sub amenințarea armelor, au somat echipajul să-i scoată de acolo. Au cerut să fie duși la Limassol. Căpitanul este cu bazooka la tâmplă. Încă nu am vești de la tatăl tău. Au trecut deja douăsprezece ore…“

Pe plaja cu nisip alb

Valurile bat ţărmul în ritmul lor constant, uşor zbuciumat, apoi lin și iar zbuciumat. Stau pe nisipul alb, umbrită de frunzele groase ale unui palmier cu forma unor degete lungi ce uneori ajung până la mine, zgâriindu-mă ușor. O pasăre se aude zburând deasupra mea, chemându-și perechea... Stau cu ochii închiși și las căldura să-mi învăluie corpul. Sunt un punct în univers, ca un fir de nisip pe insula aflată în mijlocul Oceanului Indian. Trupul meu stă nemişcat pe nisipul alb, dar mintea îmi zboară odată cu vântul în toate direcţiile. Aud un zgomot uşor, ca și cum ceva ar zgâria nisipul, și deschid ochii pe jumătate. Un crab se mişcă în zigzag, cărându-și casa în spate, ascunzându-se sub carapace de fiecare dată când simte o vibraţie a pământului.

Mă uit la el și mă minunez de voinţa lui, de determinarea de a-și căra casa, o carapace albă, lucioasă, cu mici striaţii argintii, făcând pauze pentru a-și conserva energia. Știu cum e. Și eu am cărat o casă în spinare aproape douăzeci și cinci de ani. Am schimbat o carapace mai mică pentru una mai mare și apoi pentru alta mai mare.

Când ai o casă, ai sentimentul că ai ceva doar al tău. Un adăpost în care îți poți întemeia o familie, în care copiii cresc, iar tu îi protejezi sub un acoperiș. Poate că acesta este ciclul firesc al vieții. Pentru unii, casa înseamnă locul în care trăiești. Și atât. Pentru alții casa lor e un palat. E bine să ai un scop în viață. Să îți dorești să clădești ceva. Să rămână ceva în urma ta. Asta te face să te simți important. Te face să crezi că ai făcut pașii corecți. Că ești în rândul lumii. Dar ce se întâmplă dacă totul dispare într-o zi? Oare ne gândim și la asta atunci când ne construim casele, uitând de unde am plecat, uitând visele din copilărie?

Natura ne trimite semne în fiecare zi. Totul se schimbă. Unele lucruri au încetat să mai existe. Altele sunt pe cale să dispară. Cum ar fi această insulă pe care stau eu acum, într-o liniște totală, dar în confortul pe care mi-l oferă resortul de cinci stele în care mă aflu. Insulele Maldive, o destinație râvnită de mulți. Un loc în care am ajuns după treizeci și cinci de ani de dorințe lăsate în așteptare. Insulele Maldive, o salbă de insule și de atoli, arată ca un colier cu pietre colorate în nuanțe de verde, turcoaz și alb. Insulele Maldive, care trăiesc sub amenințarea că vor fi acoperite de ape în următorii ani, dacă e să ne luăm după avertizările oamenilor de știință...

E trist, dar nimic nu e garantat să rămână în viața noastră. Totul este efemer. Poate de aceea ar trebui să reflectăm la ideea de a trăi fiecare clipă la intensitate maximă. Să ne deschidem mintea și inima spre a cunoaște, spre a ne cunoaște, să prindem curajul de a ne hrăni sufletul, nu numai trupurile...

Solitudine... Înainte mă feream să rămân singură. Mi-era frică să rămân doar cu mine. Acum iubesc clipele în care vorbesc cu mine însămi. Am multe să-mi spun. Ce a fost, ce va fi... Ce bucurie să te poţi elibera de tot ceea ce e în jurul tău, fără să ai un sentiment de vinovăţie! Fără senzaţia că faci ceva rău. Ceva interzis. Într-un fel, solitudinea creează dependenţă. Trăind într-o lume agitată, nu ne dăm seama câtă energie pierdem alergând după lucruri nesemnificative. Cât de ușor ne putem pierde în vâltoarea acestor lucruri mărunte care ajung să ne conducă viaţa. Sunt femeie și acum știu. Acum înţeleg. Acum pot face o alegere bună pentru sufletul meu. Copilul din mine e fericit. Acum îi dau atenţie. Acum îl ascult. Acum știu că nu trebuie să ascund copilul din mine.

Sunt înconjurată de apa de un albastru cristalin. Mă uit în sus la albastrul cerului, mijind ochii sub strălucirea razelor care străpung atmosfera ca niște săgeţi lansate din inima sferei de foc.

Din înălţimile cerului, aceste insule capătă forme ciudate, ca niște vietăţi marine a căror carapace strălucește în bătaia soarelui. Sub razele care îmi mângâie obrazul, transformându-mi nuanţa tenului într-una de cafea cu lapte, mă simt de parcă timpul a stat în loc.

De parcă vârsta nu-și mai arată adevărata cifră, iar frumusețea iese la iveală în forma ei naturală, neprelucrată, fără a fi ascunsă, lăsată liberă, descătușată de pudori, de prejudecăți și de ochiul critic al societății.

De fapt, orice femeie s-ar simți liberă aici, pășind pe nisipul fin sau pe acea parte a plajei acoperită de scoicile și de coralii aduși la mal de valurile înspumate, sub adierea ușoară a vântului răcorindu-i pielea și limpezindu-i gândurile. Insula îmi creează senzația că ar ști secretul unei femei frumoase: delicată și fragilă la suprafață, dar puternică. Formele corpului ei, desenate de natură într-un contur mlădios, seamănă cu cele ale insulei. Pielea ei cu gust sărat, ca al apei de mare, este fină ca nisipul scăldat de valuri, mirosul ei se aseamănă cu cel al plantelor exotice. Florile de pe insulă își deschid petalele ca buzele moi și catifelate ale femeii.

O femeie frumoasă, singură, pare o insulă în mijlocul apelor ispititoare. Te ademenește cu vorbe dulci, te cheamă să-i cazi în brațe, să o iubești, să te lași fermecat de căldura ei, de mângâierile ușoare.

Mă ridic de pe nisipul alb și, sub razele blânde ale soarelui, pășesc cu tălpile goale pe nisip, înfășurându-mi din mers peste șolduri șalul viu colorat. Mă uit în jos, căutând scoici și corali cu forme ciudate. Le culeg una câte una și le simt colțurile ascuțite în căușul palmei.

Soarele stă să apună, schimbând culoarea apei și a nisipului. Ca într-un tablou însuflețit, turcoazul se transformă într-un argintiu sticlos, cu străluciri de diamante. Nisipul alb capătă nuanţe de portocaliu. Mă uit în zare şi văd puncte albe care se măresc. Încet-încet, iau forma unor bărci cu vele. Oceanul s-a liniştit. Oare acele ceasului se mai mişcă? Timpul parcă a încremenit. Un val îmi ajunge la picioare. Îmi învăluie tălpile şi răcoarea apei mă trezeşte din reverie. Mă uit în jur. Trag aer în piept, adulmecând parfumul vegetaţiei luxuriante. Las şalul să cadă pe nisip. Sunt goală. Corpul meu este una cu natura. Aşa cum s-a născut. Liber. Gol.

Mă îndrept uşor spre infinitul apelor. Valurile îmi înconjoară corpul, dându-mi o senzaţie de uşoară ameţeală în freamătul curenţilor marini. Copilul din mine râde. Este fericit. Mă bucur de viaţă. Cu un strigăt, mă arunc în ocean. Am o întâlnire dincolo de orizontul meu…

Punct și de la capăt

Zbor la altitudinea de 11.000 de metri. Prin hubloul avionului, contemplu frumusețea cerului în culorile lui inefabile. Undeva sus, și mai sus, e infinitul. Acolo poate că există viață în alte forme decât cele pe care le cunoaștem, lucrurile se întâmplă într-o altă dimensiune, timpul se măsoară diferit. Mă uit în jos și nu văd nimic prin bariera de nori, deși parcă zăresc pentru câteva secunde oceanul.

Mă aflu la mii de kilometri depărtare de casă, îndreptându-mă spre o altă casă care a fost a mea. În Sri Lanka, țara copilăriei mele. Aceasta este o călătorie pe care nu mi-o planificasem. Nici nu credeam că se va mai întâmpla vreodată. Mă uit la ceas. 23:23. Ora României. Să cred în semne? Anul acesta, pe 23 ianuarie, de ziua mea, am primit un apel neașteptat. O prietenă m-a întrebat dacă vreau să merg cu ea în Maldive, o parte a lumii pe care o vizitasem doar cu gândul. Am acceptat propunerea ei, care venise ca un semn că trebuia să fac acest pas. Să pornesc într-o călătorie pe urmele amintirilor mele. Sri Lanka e doar la un ceas distanță de Maldive. Și așa s-au aliniat stelele pentru mine...

23:23. Mă gândesc la o altă interpretare: 2+3=5, ziua de vineri în care m-am născut.

Acum patruzeci și unu de ani porneam pe același drum.

– Mami, de ce trebuie să dormim pe jos în aeroport? Nu mai plecăm?

– Eiii, trebuie să verifice avionul ca să fie totul în regulă. Bineînțeles că o să plecăm.

Stau lipită de mama mea, cu spatele la ea, simțindu-i căldura trupului și respirația. Miroase frumos a săpun și asta îmi dă o stare de liniște.

Tatăl meu se plimbă neliniștit prin sala de așteptare. Suntem în aeroportul din Karachi, unde avionul a făcut escală în drumul spre Sri Lanka. În momentul îmbarcării, un oficial al companiei de zbor ne-a înștiințat că avionul pare să aibă o problemă tehnică care trebuie verificată. „Stați liniștiți, faceți-vă comozi. Vă vom anunța curând când decolăm." Asta se întâmpla în urmă cu zece ore. Între timp, toți pasagerii s-au așezat pe unde au putut, cu bagaje și copii, unii pe scaunele reci din metal, alții pe jos. Noi am nimerit într-un restaurant care ne-a oferit fețe de masă ca să ne învelim și câte un sandviș și un ceai fierbinte.

Avionul nostru a aterizat pe pistă lăsând în urmă dâre de ulei. Dacă decolam, avionul exploda în aer.

Cum de am aterizat teferi, asta rămâne un mister. Și atunci, cum să nu cred în steaua mea?

Lumina se aprinde, trezindu-mă din reverie.

– *This is the captain speaking.* Vom intra într-o zonă cu turbulențe, vă rog să vă așezați pe locurile dumneavoastră și să vă atașați centurile de siguranță.

Îmi verific centura și mă uit spre prietena mea, care își crispează mâinile pe spătarul scaunului. Respiră sacadat, inspirând aerul pe nas și lăsându-l să scape cu un șuierat pe gură. Îmi ia mâna și mi-o strânge cu putere.

– Stai liniștită. Vom ajunge cu bine, îi spun eu, pe un ton calm.

Ea se uită la mine, înclinând ușor capul. Încearcă să-mi zâmbească, dar fața ei e albă ca varul. Cunosc senzația asta. De câte ori nu i-am strâns mâna mamei, atunci când călătoream ore în șir cu avionul și treceam pe lângă furtuni sau cădeam într-un gol de aer! Acum facem zece ore până în Sri Lanka. Atunci zborul dura o zi și o noapte. *Time flies*, iar astăzi tehnologia parcă vrea să se ia la întrecere cu timpul.

Intrăm în zona cu turbulențe. Avionul își leagănă aripile imense ca o pasăre care planează prin văzduh. Nu mi-e frică. Îmi place să zbor, deși am o teamă de înălțimi. Privesc ecranul TV amplasat pe spatele scaunului din fața mea și rămân fascinată de imaginea norilor care parcă se desfac la o simplă atingere. Camera video de pe coada avionului îmi dă senzaţia că zburăm pe coama lui, că suntem una cu cerul.

Închid ochii şi mă las cuprinsă de un somn dulce.

Vocea căpitanului mă trezeşte brusc din somn. Am uitat ce visam. Se pare că am ajuns. În curând voi păşi pe un pământ cunoscut. Oare cum voi găsi Sri Lanka? Dacă eu m-am schimbat atât de mult, pesemne că şi ea a suferit destule transformări. Am emoţii. Mă uit în jos şi văd oceanul cu valuri înspumate. O fâşie de nisip pătrunde adânc în pădurea deasă de palmieri ce se întinde ca o pătură verde cât vezi cu ochii. Inima îmi bate tare. Aterizăm şi răsuflăm uşurate că am atins pământul.

Am trecut destul de repede de punctul de control al paşapoartelor. Mirosul fin de flori exotice se simte în aer. Valizele noastre rulează deja pe bandă, părând a fi intacte. Le ridicăm cu greu, forţându-ne muşchii la maximum. Călătorim o lună de zile, aşa că ne-am luat aproape toată casa-n spinare. Ieşim pe uşile automate şi ne uităm după şoferul care ne aşteaptă să ne conducă la hotel. Mă uit atentă la pancartele scrise cu carioca, cu numele străinilor ca nişte mâzgălituri făcute de o mână de copil. Îmi zăresc numele: Mss. S... Mă îndrept spre omul subţirel, îmbrăcat în costum cu şapcă, care ţine în mâinile ciocolatii pancarta cu numele meu, ridicată mult deasupra capului. Zâmbeşte şi ne salută în limba singhaleză: „*Ayubowan!*“. Ne ia valizele şi ne conduce spre maşină.

Deschide portiera maşinii, din interiorul căreia simţim răcoarea aerului condiţionat. Afară este căldură şi multă umiditate în aer. Simt deja că hainele mi se lipesc de corp. Senzaţia aceasta, amestecată cu oboseala, mă face să tânjesc după un duş rece. Dar emoţia revederii ţării îmi alungă oboseala şi încep să râd ca un copil, făcând-o pe prietena mea să zâmbească.

– *My name is Daniela. And she is Daniela*, îi spun şoferului nostru care zâmbeşte încontinuu, cu gura până la urechi.

– Oh, okay, doamnă.

Nu cred că a înţeles ce i-am spus. Dar e adevărat, pe amândouă ne cheamă Daniela și, culmea, fiecare are o soră pe care o cheamă Gabriela!

Mă afund în scaunul din piele și privesc pe geam. În locul drumului îngust de odinioară, flancat pe o parte şi pe alta de palmieri cu frunzişul ca nişte capete pletoase și trunchiuri îndoite de musonii care loveau ţărmul an de an, a apărut o autostradă. Elefanţii au dispărut şi ei. Pe vremuri, îi vedeam peste tot mergând agale, în pas legănat, cărând buturugi sau beţe de bambus, conduși de localnicii care îi foloseau la treburile zilnice. Acum, autostrada e plină de maşini. Intrăm în Colombo, în traficul la fel de agitat ca pe vremea copilăriei mele. Uite că unele lucruri nu se schimbă niciodată. Sute de *tuk-tuk*-uri – taxiurile locale, nişte vehicule mici pe trei roţi, pe şasiu de motocicletă – se strecoară printre maşini, bâzâind ca nişte bondari, vopsite în culori aprinse. Ajungem la hotelul Galle Face, cel mai vechi şi mai select hotel din Colombo, peste pragul căruia au păşit regi, preşedinţi, actori de cinema, scriitori, oameni de ştiinţă. Eiii, iată-mă și pe mine păşind acelaşi prag!

Un portar îmbrăcat în livrea albă cu epoleţi şi brandenburguri aurii ne întâmpină la intrare, ţinând deschisă uşa masivă din lemn cu geam de cristal. Holul e o splendoare arhitecturală care îmbină influenţele orientale cu cele coloniale. Mobilă stil sculptată, scaune cu mânere din plasă de ratan. Pe un perete este un basorelief lucrat în piatră, înfăţișând zei care stau de strajă în temple. În mijloc tronează o masă cu picior din marmură, pe care stă o vază mare aurie, cu flori de frangipani, orhidee și lotus. Ne îndreptăm spre recepţie, unde primim cheia camerei noastre.

Urcăm încet cu liftul la etajul trei. Uşile se deschid spre un coridor lat acoperit cu un covor roşu cu iniţialele hotelului, scrise înclinat într-o caligrafie stilizată. Pereţii coridorului sunt tapetaţi, iar din loc în loc sunt console pe care stau câte o veioză *antique* și un bol cu frangipani.

Hotelul este un adevărat muzeu de artă, decorat în stil neoclasic cu puternice influenţe orientale. Un elefant din abanos aşezat într-un colţ îşi ţine trompa ridicată, îndreptată spre un tablou cu imaginea centrului vechi al oraşului Colombo. Admirăm o sculptură din cristal aşezată pe o pianină. Păşim uşor pe covorul gros în care ni se afundă tălpile. Nu se aude decât zgomotul înfundat pe care îl fac rotiţele valizelor noastre. Pare că aici timpul a stat în loc.

Ajungem aproape de uşa camerei noastre, când lumina veiozei de pe hol începe să pâlpâie. Parcă o mână nevăzută se joacă apăsând pe întrerupător. Deschidem uşa şi intrăm în cameră. Mobilă stil veche, recondiţionată, un *king size bed* acoperit cu o cuvertură groasă cu motive florale, ferestre înalte care dau spre ocean, un minibar pe care se află un ceainic cu pliculeţe de Ceylon Tea... este o atmosferă *Old British Style* pe care am cuprins-o dintr-o privire. Deschid larg ferestrele şi inspir aerul umed cu miros de apă sărată. Îmi simt părul de la ceafă cum se zbârleşte, un mic inconvenient pe care nu-l bag în seamă. Zgomotul valurilor îmi dă fiori de plăcere. În baie descopăr două chiuvete rotunde aşezate pe un blat din marmură albă şi o cadă elegantă cu robinete aurii clasice. Dau să aprind lumina, dar becul se arde, cu un pocnet. În aceeaşi secundă, auzim zgomotul strident al telefonului. Ţipăm amândouă! Apoi ne buşeşte râsul şi ne aruncăm pe pat.

– Draga mea, suntem în cel mai vechi hotel din Colombo, construit în anul 1864. Ţi-ai închipuit cumva că suntem doar noi două în cameră? Îţi dai seama câte poveşti de amor, drame, intrigi şi poate chiar crime s-or fi petrecut pe aici. Nu-i de mirare că am deranjat câteva fantome...

A doua zi, ne trezim devreme. Încă nu ne-am obișnuit cu diferența de fus orar. Suntem cu vreo cinci ore înaintea orei de acasă. Ne pregătim să coborâm la un *early breakfast*.

Ajungem pe terasa exterioară, construită în stil colonial. Liniștea e tulburată de zgomotul păsărilor pe care un localnic încearcă să le alunge cu o praștie (e angajat special pentru asta) și de forfota chelnerilor care servesc ceai, cafea și suc proaspăt de fructe. E mâncare din abundență, de la *English breakfast* și *continental breakfast* până la feluri de mâncare condimentată, *chicken curry* (*kukul mas curry*), *fish curry* servit cu sos din cocos, orez cu legume și fructe de mare, *dhal curry* – linte roșie gătită cu ierburi aromate și condimentate, salată Gotukola Sambol. Și *appa*, care este o clătită gătită în *wok*, peste care se adaugă lapte de cocos și vin de palmier. *Appa* se mănâncă simplă sau cu un ou prăjit în mijloc. Îmi aleg câte puțin din fiecare fel tradițional de mâncare, emoționată că voi redescoperi gusturile din copilărie. Mănânc încet, savurând fiecare îmbucătură. Terminăm masa cu fructe exotice, care abundă în această țară: papaya, mango, ranbutan, fructul pasiunii, mangosteen.

– Dana, aș vrea să încerc să regăsesc locurile unde am copilărit. Te superi dacă mă duc singură și ne revedem peste câteva ore?

Mă uit la prietena mea, sperând că îmi va înțelege rugămintea și starea de spirit. Nu vreau să-mi împart cu nimeni emoţiile. Nu vreau să tulbur pe nimeni cu lacrimile mele.

– Sigur, du-te liniştită. Eu vreau să mă relaxez pe terasa hotelului. Poate mă duc să fac plajă. Te aştept.

– Okay, mulţumesc frumos pentru înţelegere.

Mă ridic de pe scaun şi o pup pe creştetul capului.

– Hai, du-te, du-te, până nu mă răzgândesc, spune ea, râzând.

Mă îndrept spre barul hotelului, pentru a merge la *ladies room* înainte să plec. Barul e aproape gol. Într-un colţ îndepărtat stă aşezat un domn în vârstă, îmbrăcat elegant în stil englezesc, într-un costum de tweed. Are o pălărie din panama pe masă şi un baston cu mâner din fildeş lângă el. Are în faţa lui un ceainic şi soarbe liniştit din cana cu toartă curbată. Se uită fix spre ocean, iar ochii lui de un albastru limpede au o privire contemplativă, părând cumva în aşteptare. Oare aşteaptă pe cineva? Ţinuta lui este mult prea elegantă pentru dimineaţă, pare mai potrivită pentru ora 5 după-amiază.

Trecând pe lângă el, mă uit cu coada ochilor la omul acesta care stă aproape nemişcat în fotoliul acoperit cu piele. Da, pare adâncit în gânduri sau pur şi simplu se bucură de câteva ore de linişte. Persoana lui îmi stârneşte curiozitatea. Pare că este de origine nobilă, trecut prin viaţă, cult, educat. Poate că şi el, ca şi mine, a revenit pe meleagurile copilăriei sale.

Mă duc la baie, mă aranjez şi pornesc pe jos spre vechea adresă a casei în care am locuit. Pe lângă mine trec o mulţime de maşini şi de *tuk-tuk*-uri. Un claxon îmi atrage atenţia şi mă opresc. Un localnic cu o expresie bonomă pe faţă mă întreabă dacă vreau să merg cu *tuk-tuk*-ul lui. Mă asigură că pune aparatul și că e om cinstit. Îl cred. Ceva îmi spune că are nevoie de această cursă. Negociez cu el traseul și mă urc în *tuk-tuk*. Încep o conversaţie amicală cu el. Aflu că îl cheamă Eric.

– Doamnă, vă plimb prin Colombo pentru 1000 de rupii. Sunt om cinstit. Voi fi ghidul dumneavoastră.

Fac un calcul rapid în minte și îmi dau seama că mi-a cerut în jur de 25 de dolari ca să mă plimbe peste tot. Accept și mă așez confortabil pe scaunul moale. Îmi place forfota din oraş. Nu mă deranjează că *tuk-tuk*-ul este un mijloc de transport cu acoperiș, dar fără uși laterale, așa că tot zgomotul, praful și noxele din aer vor ajunge la mine.

Parcă îmi ghicește gândurile.

– Doamnă, am şerveţele umede în compartimentul din spate, dacă doriţi. Am și apă plată îmbuteliată dacă vi se face sete. Am wi-fi, dacă doriţi să intraţi pe Internet.

Mă uit surprinsă la el. Câtă amabilitate, câtă atenţie la detalii! Îl întreb dacă este angajat la o firmă de taximetrie.

– Nu, mi-am cumpărat acest *tuk-tuk*. E al meu, spune el, cu mândrie în glas.

– Cum așa? Cât te-a costat? îl întreb eu, curioasă.

– Doamnă, m-a costat ceva, dar am făcut un credit la bancă. Acum plătesc rate. În fiecare lună dau banii, indiferent cât de mult sau de puţin am câştigat. Sunt capul familiei, trebuie să pun o pâine pe masă. Am o fetiţă şi încă un copil pe drum. Ne descurcăm greu, dar măcar fac ceea ce-mi place.

– E unul dintre secretele unei vieţi fericite...

– Doamnă, am ajuns pe strada unde aţi spus că aţi copilărit. Ce număr căutăm?

– Numărul 15, Clifford Avenue, îi răspund, emoţionată.

Ajungem la numărul 15. Un gard verde a luat locul porţii din fier forjat prin care se vedea odată o casă albă cu un design modern şi cu o mansardă care era dormitorul meu. Acum, mă uit cu deznădejde la un loc gol. Un teren viran se întinde în faţa ochilor mei. Amintirile mă năpădesc, dar le simt îndepărtate şi palide. Nu mai există casa care ne-a adăpostit. Mă încearcă un sentiment de tristeţe. Lacrimi amare îmi curg pe obraji, unindu-se sub bărbie.

„Dana, mai ţii minte cum te jucai cu câinele Akbar în grădină?", îmi şopteşte copilul din mine. Parcă aud lătratul lui pe undeva. Mă uit în jur şi văd un căţel negru care stă la umbra unui arbust de frangipani. Se uită la mine cu ochii lui căprui, de parcă vrea să-mi vorbească. Scheaună uşor şi face câţiva paşi spre mine. Coada lui încovrigată, plină de ciulini, începe să se mişte uşor. Stau acolo şi suspin, uitându-mă când la el, când la locul unde odată a fost casa mea. Căţelul prinde curaj şi se furişează lângă mine. Îi simt botul umed cum îmi apasă mâna. Mă uit în jos la el. Dă din coadă și mai tare, scoţând o limbă lungă și roșie în timp ce gâfâie de căldură. Mă aplec spre el și îl mângâi ușor. Închide ochii și se trântește cu labele în sus. „Aaah, vrei să te scarpin pe burtă..." Fac asta, printre lacrimi, și parcă îl văd pe Akbar care mă întâmpina în fiecare dimineaţă pe terasa din faţa casei, așteptând să-l scarpin pe burtă.

Ridic privirile când aud vocile unor oameni. Îmi șterg repede lacrimile de pe obraz și mă uit mai bine. Din casa de vizavi iese o familie. Dar... asta este casa lui Christopher, băiatul care mi-a trimis scrisoarea de dragoste prinsă de zgarda lui Akbar! Mă uit cu atenţie la oamenii aceștia care par foarte fericiţi împreună. O femeie în floarea vârstei, brună, purtând un sari albastru tivit cu o broderie în fir auriu, sărută o fată și un băiat care au ieșit odată cu ea la poartă. Amândoi par să aibă în jur de douăzeci de ani. E și un bărbat înalt, cu părul negru, ușor argintat la tâmple. Are ochii negri pătrunzători și sprâncene stufoase care se împreunează deasupra nasului lat. Buzele lui groase au o crestătură care-mi pare familiară. Nu-mi vine să cred. Este el. Christopher.

Mă ascund repede după *tuk-tuk*. Nu știu de ce, dar inima a început să-mi bată tare dintr-odată. Îi privesc. Sunt fericiţi. O familie frumoasă. Mă uit cu atenţie la el. A îmbătrânit frumos. Este distins, înalt, vânjos. Mă gândesc că eu am fost prima lui dragoste. Mă gândesc la scrisoarea pe care a îndrăznit să mi-o scrie. Un romantic... Fără să vreau, lacrimile îmi curg din nou pe obraji. Le las să curgă. De data asta sunt lacrimi de fericire. Mă simt împăcată. Mă urc în *tuk-tuk*, cu o ultimă privire în spate. Cățelul ne urmărește până la colțul străzii, apoi se oprește. Stă la marginea drumului, dând din coadă. Îmi revine în minte imaginea lui Akbar atunci când l-am lăsat la noul lui stăpân. Mă așez pe scaun, tăcută.

– Doamnă, pot să vă duc la un templu budist? Este cel mai mare din țară, iar astăzi este o zi specială, când îl sărbătorim pe Shiva.

– Okay, să mergem acolo, îi răspund, cu jumătate de gură.

Ajungem la templu. Cobor din *tuk-tuk* și, îndrumată de Eric, pătrund pe porțile acestui loc sacru. Sute de singhalezi, femei îmbrăcate în sariuri colorate, strălucitoare, bărbații îmbrăcați în straie albe, desculți și cu mâinile încărcate de ofrande, mișună într-un du-te-vino continuu, făcând incantații și închinându-se în fața statuilor care-i înfățișează pe zeii lor.

Intru în templu, unde mă izbește liniștea care contrastează cu agitația de afară. Fante de lumină coboară de sus, scăldând oamenii într-o culoare ireală. Părem niște suflete dezbrăcate de trup. Desculți, parcă nu mai atingem pământul. Mă simt ușoară ca un fulg. Mă plimb încet pe coridoarele scăldate în lumină. Chiar dacă nu cunosc religia budistă, simt căldura și comuniunea dintre suflete.

Zăresc într-un colţ ferit un bărbat tânăr, stând nemişcat într-o poziţie de yoga, cu pieptul gol, purtând doar o fâşie de ţesătură de un alb imaculat în jurul mijlocului. Are ochii închişi, iar părul negru îi cade în codiţe împletite pe spatele îngust. E numai piele și os. Meditează, cu buzele mişcându-se uşor într-o incantaţie stranie. Mă opresc în faţa lui și stau așa minute întregi. Nu mai pot să mă mişc. Parcă sunt hipnotizată. Deodată, ochii i se deschid. Sunt mari, negri și pătrunzători.

– Eu sunt Sangith. Am ceva să-ţi spun. Eu sunt doar mesagerul. Fiecare dintre noi are o menire aparte pe pământ. Fiecare are propria sa luptă de dus. Cei mai mari duşmani ai sufletului nostru sunt trecutul și viitorul. Prezentul este cel care contează. Ai grijă de sufletul tău. Păstrează-l pur și iubește-te mai mult. Nu te simţi vinovată pentru nici un gest pe care l-ai făcut în viaţa asta. Aparţii unei zodii care închide cercul zodiilor. Ești sus. Urcă și mai mult. Călăuzește-te după lumină. Caut-o în tine, nu în strălucirea lucrurilor din jurul tău.

După ce termină de vorbit, închide ochii de parcă nu s-a întâmplat nimic. Ies din templu, puţin ameţită. Eric mă aşteaptă lângă *tuk-tuk*, stând în iarbă la umbră.

– Doamnă, cum vă simţiţi? Nu-i aşa că v-am adus într-un loc special?

– Da, Eric, chiar aşa este. Acum aş vrea să mă întorc la hotel. Mulţumesc mult pentru ajutor, îi răspund cu o voce pe care parcă nu mi-o recunosc.

Urc în cameră şi mă întind pe pat. O amorţeală îmi cuprinde corpul şi mă adâncesc într-un somn fără vise. Dana mi-a lăsat un bilet prin care mă anunţa că ne vedem pe terasă la cină.

La ora șase seara, cobor pe terasă înainte să apună soarele. Ador acest moment al zilei. Mă îndrept spre bar, unde vreau să contemplu apusul bând un ceai tradiţional. Mă uit la pereţii acoperiţi cu fotografii înrămate ale personalităţilor care au stat în hotel. Fotografiile poartă semnăturile lor... Roger Moore, Sting, regele Japoniei, Mark Twain, Sir Arthur Conan Doyle, Noel Coward, Che Guevara, Cehov și mulţi alţii.

Trec pe lângă portretul actriţei Bo Derek, care a turnat în Sri Lanka filmul *Tarzan*, și îmi aduc aminte de întâmplarea cu ambasadorul Italiei povestită de tatăl meu. Mă uit la portret și văd anul în care a stat Bo Derek la Galle Face. 1978.

Trec mai departe și văd o poză cu regina Angliei, care a vizitat Sri Lanka în anul 1981. Știu foarte bine acest lucru, pentru că am stat și am privit-o pe mama mea cum se îmbrăca pentru întâlnirea cu regina Elizabeta a II-a. Mama a ales atunci o rochie cu imprimeu mărunt cu flori, închisă la gât cu o fundiță, cu mânecă raglan și trecând cu o palmă peste genunchi. Și-a pus pantofi cu toc mic, o pălărie cu boruri înguste și o pereche de mănuși, accesoriu obligatoriu când se dă mâna cu regina. Mănușile erau scurte, din dantelă albă. Imaginea mamei îmbrăcată așa îmi va rămâne întipărită în minte toată viaţa. Zâmbesc acestei amintiri.

Mă îndrept cu faţa spre apus. Stând în acelaşi colţ, îmbrăcat în acelaşi costum, îl zăresc pe bătrânelul englez pe care l-am văzut azi-dimineaţă. Mă uit mirată la el. Oare nu s-a clintit din acel loc toată ziua?

Mă aşez pe un fotoliu şi aştept să fiu servită. Vreau să comand un ceai aromat.

În scurt timp, apare chelnerul lângă mine. Este un băiat frumuşel, îmbrăcat într-un costum impecabil.

– Ce doriţi să comandaţi, doamnă?

– Un ceai aromat, te rog. Ceylon *herbal tea.*

– Desigur, doamnă. Imediat, îmi răspunde el.

Aştept ceaiul. Mă uit la minunăţia din faţa ochilor mei. Soarele coboară uşor, devenind tot mai roşu şi apropiindu-se de linia orizontului. Apa oceanului îşi schimbă şi ea culoarea din albastru într-un argintiu sticlos.

Mă uit pe cer. Eu cred că norii aduc semne. Mereu încerc să le desluşesc formele şi să aflu din ele ceva despre mine. Privind cerul anul trecut, în luna mai, am văzut un nor în formă de inimă, unul în formă de săgeată şi altul mai mic în formă de cruce. Am crezut că îmi trimiteau un mesaj despre dragoste, dar n-a fost aşa. După trei zile, am fost înştiinţată că bunicul meu s-a stins din viaţă. Sufletul cuiva pe care l-am iubit (inima) pleca (săgeata) spre Cer (crucea).

– Poftiţi ceaiul dumneavoastră, doamnă. V-am adus şi lapte rece, dacă doriţi să-l beţi *English style.*

– Mulţumesc frumos. Am o întrebare, dacă nu te superi. E un domn, cred că este englez. Cel care stă pe scaun, îmbrăcat în costumul de tweed. L-am văzut şi azi-dimineaţă. Cine este?

– Doamnă, este Sir Boyle, clientul nostru permanent. Un gentleman desăvârşit. Nu a întârziat niciodată cu plata apartamentului în care stă. Este de o delicateţe nemaiîntâlnită. Are o poveste tristă. Se pare că în tinereţe a venit în Sri Lanka în anul 1946, când avea vreo 17 ani. Era soldat în armata britanică. S-a îndrăgostit de o fată localnică. Şi ea de el. Dar părinţii fetei, când au aflat, s-au împotrivit acestei iubiri şi i-au interzis să se mai întâlnească cu soldatul englez. Ea a încercat să-l avertizeze să stea departe de ea pentru o vreme. Dacă o căuta, părinţii ei ar fi pedepsit-o. Dar el, nebun de dragoste, s-a dus la părinţii fetei şi le-a cerut mâna ei. Furioşi, aceştia au trimis-o la rudele ei, în India. El a reuşit să o vadă urcând pe vapor. A strigat după ea, alergând pe chei, şi s-a aruncat în ocean, înotând în urma vaporului. Nişte marinari i-au aruncat colacul de salvare şi l-au scos aproape înecat din valurile şi curenţii puternici. Din acea zi, Sir Boyle o aşteaptă pe iubita lui să vină înapoi. Stă privind spre ocean, rugându-se să se întoarcă la el.

Îmi simt obrajii reci. Îi ating şi sunt uzi. M-a cuprins o compasiune de nedescris faţă de bătrânelul care stă cuminte, la doar câţiva paşi de mine. Îmi vine să mă duc la el şi să-l iau în braţe, să-i alin sufletul chinuit.

Mă gândesc la propriile mele amintiri. Unii oameni se agaţă de trecut. Alţii încearcă să uite lucruri, întâmplări, oameni. După un timp ne dăm seama că ne-am schimbat atât de mult încât în amintire lucrurile sunt mai frumoase decât au fost în realitate. Ținem la amintirile plăcute din vremea copilăriei noastre pentru că ne dau un sentiment de siguranţă. Încă suntem copii. Suntem fără griji, suntem frumoşi, suntem iubiţi, îi avem pe cei dragi lângă noi...

Mă uit la soare. Mai are un pic și apune. Dar mâine este o altă zi. Avem certitudinea că soarele răsare în fiecare zi. Asta ar trebui să ne facă să înţelegem cât de preţioasă este fiecare clipă. Trebuie să ne îndreptăm tot timpul spre lumină.

Acum înţeleg ce a vrut să spună Sangith. Trebuie să ne eliberăm sufletul și să-l îndreptăm spre lumină. Sufletul meu a făcut o călătorie în timp. Acum e liber.

Cu mulţumiri agenţiei Tui Travel Center pentru că a făcut această călătorie posibilă.

În loc de sfârșit...

Viaţa nu este o cursă, ci o călătorie care trebuie savurată la fiecare pas. Ziua de ieri e deja istorie, ziua de mâine e un mister, dar ziua de azi e un cadou preţios. La sfârșit va conta cel mai mult cât de bine am trăit, cât de mult am iubit și cât de bine am învăţat să mă desprind de lucrurile din trecut.

Cuprins

Tipar: ARTPRINT
E-mail: office@artprint.ro
Tel.: 021 336 36 33